14 CONTES DE RUSSIE

87, quai Panhard-et-Levassor – 75647 Paris Cedex 13
ISBN : 978-2-0812-6322-2

ROBERT GIRAUD

14 CONTES DE RUSSIE

Illustrations de Frédéric Sochard

Flammarion Jeunesse

À mes deux dernières filles franco-russes
Anne et Katia

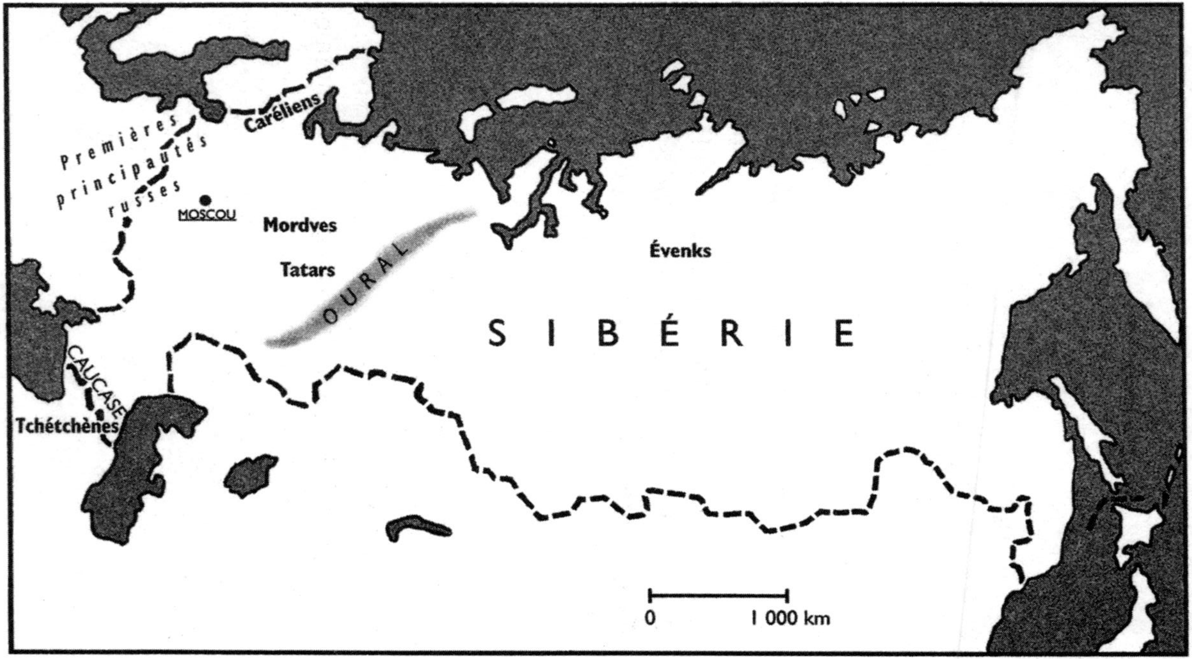
Premières principautés russes
Caréliens
MOSCOU
Mordves
Tatars
OURAL
Évenks
SIBÉRIE
CAUCASE
Tchétchènes
0
1 000 km

Une promenade dans la Russie des contes

Les contes révèlent le pays où ils sont nés. La Russie, ce sont de grandes plaines et d'immenses forêts, qu'il fallait autrefois des semaines et des mois pour parcourir. D'où le prix que l'on attachait à une bonne monture. On ne s'étonnera donc pas de l'importance du cheval dans les contes russes. Presque toujours il sait parler, souvent il est doté de pouvoirs magiques, c'est même parfois lui le héros principal.

Grâce aux contes de ce recueil, vous visiterez les habitations des Russes, vous apprendrez comment ils se procuraient de l'eau l'hiver à la campagne, et bien d'autres choses encore. Vous ferez la connaissance de leurs héros préférés.

Aux côtés des Russes habitent les représentants de nombreux autres peuples, les uns à peu près russifiés, alors que certains ont conservé une culture et des traditions originales. Dans les contes de ces derniers, nous verrons des caravanes de chameaux dans le désert, les riches bazars de l'Orient et des campements de chasseurs d'élans.

Dans tous les pays, les contes sont des œuvres très anciennes qui se transmettaient oralement. On n'a commencé à les noter qu'au XVIIIe siècle. Ils nous plongent donc dans l'enfance et l'adolescence des peuples, à une époque où les hommes croyaient aux miracles, aux sorciers et aux loups-garous.

Dans les contes russes, il n'y a ni fées ni baguettes magiques. Les détenteurs de pouvoirs mystérieux peuvent être des vieillards solitaires, de simples jeunes filles, et plus souvent des animaux, capables ou non de se transformer : poissons, loups et, surtout, chevaux. Parmi les objets aux effets miraculeux, on trouve les pommes rajeunissantes, l'eau vivifiante, les plumes de l'oiseau de feu, et aussi le tapis volant, le chapeau qui rend invisible, la nappe qui se couvre toute seule de nourriture.

Beaucoup de contes, partout dans le monde, représentent un affrontement entre forces du Bien et forces du Mal : méchante marâtre et pauvre orpheline, bêtes sauvages et hommes sans défense, chasseur et gibier, bonne fée et méchante fée... Cet affrontement est particulièrement net dans les contes guerriers russes.

La Russie a vécu au Moyen Âge un drame national dont les conséquences l'ont marquée pour très longtemps : les invasions des Mongols. Les hardis et cruels cavaliers, souvent appelés Tatars, du nom de l'une des principales tribus mongoles, s'abattirent sur l'est de l'Europe au moment où, en France, régnait saint Louis. Ils écrasèrent les armées russes l'une après l'autre, prirent et saccagèrent les villes. Pendant plusieurs siècles, les princes russes ne purent gouverner qu'avec l'accord et sous le contrôle des Tatars, auxquels ils payaient un lourd tribut.

Alors, quelle satisfaction, autrefois, pour les Russes si longtemps humiliés et asservis, d'entendre conter des histoires de héros intrépides qui coupaient allègrement les nombreuses têtes d'effrayants dragons, et finissaient par rejeter l'ennemi au-delà de la rivière Groseille, qui symbolisait la frontière de la terre russe.

Ces contes guerriers nous paraissent aujourd'hui un peu monotones, car tout à fait dépourvus de suspense : dès le début, la victoire du héros ne fait aucun doute. C'est pourquoi vous n'en trouverez pas dans le présent recueil. Mais ils réchauffaient le cœur des Russes. Les contes, en effet, représentent souvent une revanche sur la vie : le pauvre l'emporte sur le riche, le cadet sur l'aîné, le paysan sur le roi ou le seigneur.

À propos de roi, d'ailleurs, il est à noter que, dans les contes, ce n'est jamais le tsar qui affronte les monstres ; le pays est toujours sauvé par un héros solitaire doué d'une force herculéenne. Les princes russes, divisés entre eux, ont beaucoup facilité la victoire des Mongols ; certains ont combattu courageusement, jusqu'au sacrifice de leur vie, mais d'autres ont trahi, n'hésitant pas à s'allier aux envahisseurs. On ne saurait donc s'étonner que jamais les conteurs ne donnent au tsar le beau rôle. Il est toujours capricieux, égoïste, souvent lâche, fourbe ou borné.

Vous trouverez dans les pages qui suivent plusieurs récits qui reflètent la vie des habitants de la Russie à des époques plus récentes. Le merveilleux y cède la place au réalisme. Plus de Baba-Yaga ni d'animaux qui parlent. Sous l'influence de la religion chrétienne, c'est le diable qui personnifie les forces du Mal. À côté des tsars et des paysans, les nouveaux contes, plus proches de la vie quotidienne, mettent en scène des marchands, des officiers, des juges, des prêtres, et prennent généralement une tournure satirique. Les héros triomphent plus souvent grâce à leur ruse, à leur débrouillardise, que par des formules et des objets magiques.

*

Nous disions en commençant que la Russie n'est pas peuplée que de Russes. On dénombre sur le territoire actuel du pays plus de quatre-vingts peuples différents, chacun avec sa langue, sa culture, ses traditions. Ils regroupent plus de seize millions d'habitants, sur les quelque cent cinquante millions que compte aujourd'hui la Russie.

Il y a d'abord ceux que nous appellerons, pour simplifier, les « peuples d'avant », ceux qui occupaient le territoire actuel de la Russie avant que viennent s'y installer les Slaves, ces ancêtres des Russes et de plusieurs autres peuples d'Europe centrale et orientale. Les tribus slaves sont arrivées entre le Dniepr et la haute Volga à l'époque des Carolingiens en France. Dans ce recueil, les « peuples d'avant » sont représentés par les Caréliens et les Mordves.

La Russie est une vaste plaine ouverte à toutes les migrations, à celles en particulier des nomades venus d'Asie. Elle a donc été l'objet de nombreuses invasions. De ces « peuples d'après », c'est-à-dire de ceux qui sont venus une fois que les Russes habitaient déjà le pays, plusieurs ont complètement disparu. Seuls ont survécu les Tatars, descendants des envahisseurs dont ont tant souffert les Russes, et qui constituent aujourd'hui, avec cinq millions de personnes, la minorité ethnique la plus importante du pays.

Après s'être débarrassés de la domination tatare, les Russes sont devenus à leur tour conquérants.

Depuis le XVIe siècle, ils ont soumis de nombreux peuples, qui occupaient des territoires situés hors des limites traditionnelles de la Russie, et auxquels nous avons donné le nom de « peuples d'à-côté ». L'expansion russe a visé principalement la Sibérie, l'Asie centrale et le Caucase. Les pays d'Asie centrale et du sud du Caucase sont devenus indépendants en 1991, ils n'ont donc pas leur place dans ce recueil. Mais on trouve encore à l'intérieur des frontières russes de nombreuses régions peuplées par des non-Russes, en bordure de la Mongolie, dans le grand Nord sibérien et dans le nord du Caucase. Nous avons choisi, pour les représenter, des contes des peuples évenk et tchétchène.

Première partie

Contes du peuple russe

Le brochet magicien

Quand on pense à la Russie, on voit une grande plaine, des forêts de sapins ou de bouleaux, et des maisons tout en bois qui s'appellent des isbas, avec de jolies décorations en bois sculpté autour des fenêtres, en bordure et au faîte du toit.

On sait aussi que la Russie a un climat rude, avec des hivers longs et très froids. Aussi, au cœur de l'isba, à la jonction des deux pièces principales de l'habitation, se dresse un grand poêle en brique, blanchi à la chaux. Sur le poêle, comme dans toutes les isbas de Russie, couchent les plus jeunes et les plus vieux, bien au chaud.

Il était une fois un village russe, et dans ce village une isba habitée par trois frères. Les deux aînés, des hommes importants, des marchands, allaient souvent à la ville pour leurs affaires. Ils étaient mariés. Le troisième, qui s'appelait Émilien était célibataire et ne faisait rien dans la vie. Tout le monde le tenait pour un simple d'esprit, car il n'aimait rien tant que se prélasser des journées entières sur le poêle. Pour ses frères et ses belles-sœurs, c'était un vrai bon à rien. Nous l'appellerons, nous aussi, Émilien-le-bon-à-rien. Nous ne risquons pas de le fâcher, car c'est tellement plus commode d'être considéré comme un simplet et un bon à rien. Comme ça, on est moins dérangé.

Oui, mais les belles-sœurs d'Émilien-le-bon-à-rien n'avaient pas envie de se tuer à l'ouvrage, et Dieu sait s'il y a des choses pénibles à faire à la campagne : aller chercher de l'eau à la rivière, avec deux seaux accrochés aux deux bouts d'une longue barre de bois qui vous scie la nuque et les épaules, ou encore fendre des bûches à grands coups de hache.

Aussi, quand elles n'avaient pas leurs maris sous la main, elles n'hésitaient pas à secouer un peu ce grand dadais plein de santé qui les regardait s'affairer, un sourire narquois aux lèvres.

C'est ce qui se passa le jour où, seules à la maison, elles virent qu'il n'y avait plus d'eau. Elles dirent à Émilien-le-bon-à-rien :

— Lève-toi et va nous chercher de l'eau à la rivière.

— Pas envie.

— Si tes frères, à leur retour, apprennent que tu n'as pas voulu aller chercher de l'eau, ils vont se fâcher tout rouge.

— Bon, si vous y tenez...

Émilien-le-bon-à-rien n'aimait pas se fatiguer, mais il n'aimait pas non plus les discussions inutiles.

C'était l'hiver, la rivière était gelée, et Émilien dut cogner dur sur la glace pour y creuser un trou. Quand l'eau apparut à ses yeux, il y aperçut un brochet. Il s'agenouilla, étendit le bras et l'attrapa.

« De quoi faire une bonne soupe pour le dîner », pensa-t-il.

Mais, ô surprise, le brochet lui adressa la parole.

— Remets-moi à l'eau, garçon, tu ne le regretteras pas.

— Si, je regretterai la bonne soupe de poisson que m'auraient faite mes belles-sœurs.

— Je t'en supplie, poursuivit le brochet. Rends-moi la liberté, et j'accomplirai tous tes désirs.

— Montre-moi d'abord ce dont tu es capable, et je verrai après.

Le brochet lui proposa de faire un vœu. Émilien, pas si bête, sauta sur l'occasion :

— Je veux que les seaux ramènent tout seuls l'eau à la maison sans en laisser perdre une goutte.

Le brochet dit alors :

— Rappelle-toi bien ceci, pour que tes désirs s'accomplissent, il te suffit de dire : « le brochet l'ordonne et je le veux ».

Émilien-le-bon-à-rien prononça aussitôt :

— Le brochet l'ordonne et je le veux : vous, les seaux, en route.

Les seaux, dociles, obéirent. Ils remontèrent le chemin pentu qui descendait à la rivière et traversèrent le village. Émilien-le-bon-à-rien les suivait, l'air goguenard, au grand étonnement des passants. Une fois arrivé dans l'isba, Émilien-le-bon-à-rien, comme si de rien n'était, retourna s'allonger sur son poêle.

Il était dit que, ce jour-là, on ne le laisserait pas tranquille. Un peu plus tard, les belles-sœurs le relancèrent.

— Dis donc, paresseux, nous n'avons plus de bois pour le feu. Va donc nous fendre des bûches.

— Pas envie.

— Tes frères ne seront pas contents que tu nous laisses toutes les corvées. Ils ne te rapporteront pas de cadeaux du marché.

— Bon, si vous y tenez...

Émilien-le-bon-à-rien, à contrecœur, s'apprêtait à descendre de son perchoir quand l'histoire du brochet et des seaux lui revint en mémoire. Il prononça à voix basse :

— Le brochet l'ordonne et je le veux : toi, la hache, va au bûcher, fends des bûches, et vous, les bûches fendues, entrez dans l'isba et allez vous ranger dans le foyer.

La hache ne fait ni une ni deux, elle court au bûcher, fend les bûches, et les bûches fendues vont se coucher docilement dans le foyer. Mais il n'en restait plus assez dans le bûcher. Émilien-le-bon-à-rien dut se rhabiller, prendre la hache et un rouleau de corde. Il sortit de l'isba et monta dans le traîneau.

— Allez, les femmes, ouvrez le portail.

Les belles-sœurs s'exclament :

— Ce qu'il est bête ! Il veut partir et il n'a même pas attelé le cheval !

— Pas besoin de cheval !

Tandis que les belles-sœurs ouvrent le portail, Émilien-le-bon-à-rien murmure :

— Le brochet l'ordonne et je le veux : traîneau, mène-moi dans la forêt !

Le traîneau s'élance, plus vite que la monture la plus rapide. Fonçant droit devant lui, il bouscule ou renverse les villageois. Ceux-ci traitent Émilien-le-bon-à-rien de tous les noms.

Quand Émilien-le-bon-à-rien revint avec son traîneau chargé sans qu'il ait eu à lever le petit doigt, les paysans, furieux, guettaient l'attelage. Ils arrachèrent Émilien-le-bon-à-rien du traîneau et le jetèrent par terre. Mais Émilien, bon à rien peut-être, mais pas aussi nigaud que le croyaient ses frères et leurs femmes, avait une parade toute prête. Il murmura à l'adresse de la plus grosse des bûches :

— Le brochet l'ordonne et je le veux : toi, la grosse bûche, caresse-leur un peu les côtes !

La bûche se dresse, s'élève, et de frapper à droite, et de frapper à gauche. Couverts de bleus et de bosses, les villageois abandonnent le champ de bataille. Émilien-le-bon-à-rien rentra chez lui et oublia aussitôt l'incident. Son cher poêle l'attendait, bien chaud, bien rembourré d'une bonne couette.

Mais le grand roi des Russes, qu'on appelle le tsar, avait entendu parler de ses exploits et il commanda à l'un de ses officiers de l'aller chercher.

L'officier entre dans l'isba. Il demande à Émilien :

— C'est toi, Émilien-le-bon-à-rien ?

— Qu'est-ce que tu lui veux ?

— Le tsar veut te voir, habille-toi vite !

— Pas envie.

L'officier n'avait pas l'habitude qu'on lui résiste. Il donna une gifle à Émilien-le-bon-à-rien. La riposte ne tarda pas :

— Le brochet l'ordonne et je le veux : gourdin, frappe !

Grand fut l'étonnement du tsar quand il apprit que l'officier n'avait pu mettre à la raison un brave paysan un peu niais. Il appela son Premier ministre.

— Si tu ne me ramènes pas Émilien-le-bon-à-rien, je te fais couper la tête.

Le Premier ministre fit provision de bonbons, fruits confits et pain d'épice, puis il alla demander aux belles-sœurs ce que préférait Émilien-le-bon-à-rien.

— Si vous lui parlez gentiment et lui promettez un bel habit rouge, vous en ferez ce que vous voudrez.

Le Premier ministre offrit à Émilien-le-bon-à-rien bonbons, fruits confits et pain d'épice, puis il lui dit :

— Descends, Émilien-le-bon-à-rien, et viens avec moi chez le tsar.

— Pas besoin. Ici, je suis bien au chaud.

— Tu sais, Émilien-le-bon-à-rien, le tsar te régalera de son meilleur gibier et te versera de ses vins les plus fins. S'il te plaît, Émilien-le-bon-à-rien, suis-moi.

— Pas envie.

— Tu sais, Émilien-le-bon-à-rien, le tsar te donnera un bel habit rouge, une toque de fourrure et des bottes de cuir.

Émilien-le-bon-à-rien prit bien son temps pour réfléchir, puis il dit au Premier ministre :

— Bon, si tu y tiens... Pars le premier, je te suivrai de près.

Le Premier ministre repartit. Émilien-le-bon-à-rien prit son temps, bien calé sur son poêle. Puis il se décida et prononça :

— Le brochet l'ordonne et je le veux : poêle, transporte-moi chez le tsar.

La charpente de l'isba craqua, son toit vacilla, son mur dégringola, le poêle sortit et prit le chemin du palais du tsar.

Autant dire qu'il ne passa pas inaperçu. Le tsar et tous les courtisans se penchèrent à tous les balcons du palais pour mieux contempler le prodige.

Le tsar, néanmoins, était toujours en colère après Émilien. Du balcon, il lui lança :

— Émilien-le-bon-à-rien, c'est toi qui t'amuses à écraser les gens avec ton traîneau ? Les villageois se sont plaints à moi.

— Ils n'avaient qu'à ne pas se mettre en travers de mon chemin.

Mais soudain Émilien-le-bon-à-rien aperçut à la fenêtre la fille du tsar, la charmante princesse Marie. Il se dépêcha de réciter sa formule magique :

— Le brochet l'ordonne et je le veux : princesse Marie, aime-moi d'amour !

Puis, sans plus s'occuper du tsar, il ordonna :

— Poêle, en route ! On rentre à la maison.

Le poêle fit demi-tour, regagna l'isba et y reprit sa place habituelle. Émilien-le-bon-à-rien s'y étendit, sans se soucier de rien. Le conte ne dit rien du mur et du toit qui avaient souffert lors de la sortie du poêle, mais Émilien n'aimait sûrement pas les courants d'air, et on peut penser qu'il avait fait le nécessaire.

Le tsar, lui, avait bien d'autres soucis. Sa fille ne cessait de lui réclamer qu'il la marie à Émilien-le-bon-à-rien. Le tsar, qui ne voulait pas en entendre parler, fit venir son Premier ministre :

— Débrouille-toi de me ramener Émilien-le-bon-à-rien mort ou vif, si tu tiens à garder ta tête sur tes épaules.

Le Premier ministre chargea son carrosse de vins fins et de mets raffinés et reprit le chemin de l'isba d'Émilien-le-bon-à-rien, auquel il fit faire un repas copieusement arrosé. Le vin ne tarda pas à produire son effet. Émilien s'endormit, le Premier ministre le descendit du poêle et l'étendit dans son carrosse.

La colère du tsar contre Émilien-le-bon-à-rien était si forte qu'elle frappa même sa fille. Il ordonna que l'on enferme le simplet toujours endormi et la princesse Marie dans un lourd tonneau bardé de fer et qu'on jette celui-ci à la mer. Heureusement, le cœur du tsar recelait encore un petit reste de pitié, car le monarque prit soin que l'on enduise le tonneau de goudron, pour qu'il ne coule pas.

Émilien-le-bon-à-rien finit par se réveiller, à l'étroit, dans le noir.

— Où me voilà donc ? demanda-t-il.

— Nous sommes prisonniers, mon pauvre Émilien. Au fond d'un tonneau jeté en pleine mer.

— Et toi, qui es-tu ?

— La princesse Marie.

Émilien-le-bon-à-rien avait un bon moyen de les tirer de cette fâcheuse posture : la formule magique du brochet.

— Le brochet l'ordonne et je le veux : levez-vous, vents de tempête, et poussez notre tonneau à la rive !

Les vents de tempête, comme une troupe bien disciplinée, se lancèrent à l'attaque, rejetant le tonneau sur une plage de sable, où il se brisa. Émilien-le-bon-à-rien et la princesse Marie recouvrèrent leur liberté.

La princesse, tout amoureuse qu'elle fût, n'oubliait pas son confort. Son père avait dû beaucoup la gâter quand elle était petite. Elle réclama tout de suite un endroit où loger :

— Émilien, construis-nous au moins une cabane !

— Pas envie.

Mais la princesse insista tant qu'il finit par se décider. Et puis, tant qu'à faire, pourquoi se contenter d'une cabane quand on peut avoir mieux ? Tout doucement, sous l'influence de ses fréquentations, Émilien-le-bon-à-rien prenait des goûts de luxe.

— Le brochet l'ordonne et je le veux : que se dresse sur cette plage un palais de pierre au toit d'or.

À peine avait-il prononcé le dernier mot que surgit un palais russe traditionnel, aux étages de bois juchés sur de solides piliers de pierre, hérissé de tourelles, de balcons, de toits pointus couverts de planchettes multicolores ou de feuilles d'or, en un mot, ce qu'on appelle en russe un *terem*. Ce palais était, comme il convient, entouré d'un jardin planté de grands arbres au feuillage rempli d'oiseaux chanteurs.

La princesse, de son côté, n'était pas au bout de ses exigences.

— Je voudrais que tu deviennes un beau jeune homme.

Malgré sa nonchalance naturelle, Émilien-le-bon-à-rien n'hésita pas une seconde :

— Le brochet l'ordonne et je le veux : que je sois transformé à l'instant en un charmant jeune homme !

Et Émilien-le-bon-à-rien devint d'une beauté à couper le souffle.

On ne saura jamais si les caprices de la princesse se seraient arrêtés là, car juste à ce moment, le tsar vint chasser dans les parages. Et il aperçut le palais neuf, œuvre des sortilèges du brochet.

— Qui a eu l'audace, gronda-t-il, de bâtir ici un palais sans mon auguste permission ?

Et il envoya des gens de sa suite aux renseignements.

Les messagers s'approchèrent d'une fenêtre du palais et demandèrent à Émilien-le-bon-à-rien à qui appartenait le palais.

Émilien-le-bon-à-rien répondit :

— Proposez donc au tsar de me rendre visite, et je lui raconterai tout.

Le tsar accepta l'invitation. Émilien-le-bon-à-rien l'accueillit aimablement et lui offrit même un festin. Le tsar mourait de curiosité :

— Mais qui es-tu donc, beau jeune homme ?

— Tu te rappelles Émilien le simplet, qui était arrivé devant ton palais juché sur son poêle, et que tu as ensuite fait jeter à la mer dans un tonneau avec ta fille ? C'est lui-même qui te parle. Il ne tient qu'à moi de ravager ton royaume et de le réduire en cendres.

Le tsar prit la menace très au sérieux. Sans doute, à la place d'Émilien, l'aurait-il mise sans hésiter à exécution. Abandonnant toute fierté, il implora :

— Épouse ma fille, prends mon royaume, mais épargne-moi !

Décidément, il n'avait pas plus le sens de l'État que le sens de la famille.

Émilien-le-bon-à-rien, lui, gagna sur les deux tableaux : il épousa la princesse Marie et prit le gouvernement du royaume.

Les conteurs russes, pour achever leurs récits, usent de plusieurs formules consacrées. Nous n'allons pas vous les révéler toutes du premier coup, pour ne pas gâcher votre plaisir. Commençons par la première, les autres viendront en leur temps :

« Ainsi se termine le conte. Du public nous n'aurons pas honte. »

Le renard et l'ours

Dans les forêts russes, on trouve plein d'animaux. Des renards, en particulier, qui sont aussi malins que leurs congénères des autres pays. En France, dans les contes, c'est à des loups, souvent, que les renards aiment jouer leurs tours. En Russie, les loups ne manquent pas, ils se font aussi quelquefois rouler par les renards des contes, mais ils ne sont pas les seuls.

Parmi les victimes du petit carnassier au poil roux, on trouve même parfois un gros animal auquel les Russes portent une affection particulière. Nous voulons parler de l'ours. Celui-ci est désigné souvent par le prénom humain de Mikhaïl, dont le diminutif est Michka. Les jeunes enfants russes appellent leur nounours Michka.

Il était un renard qui avait pour voisin un ours. Un beau jour, il vint le trouver et lui dit :

— Michka, écoute-moi, j'ai une idée.

— Oh, je les connais, tes idées. Tu vas encore te moquer de moi.

— Ce n'est pas bien de penser ainsi du mal de moi, Michka. Et puis, tu es tellement plus fort que moi que si jamais il me prenait l'envie de te faire tort, tu n'aurais pas de mal à te venger. Alors, écoute-moi. Avec ta force et ma ruse, si nous nous unissons, nous pourrons facilement nous enrichir. Prenons un champ, labourons-le ensemble, ensemençons-le, puis nous nous partagerons la récolte et chacun de nous vendra sa part au marché.

— Je sais que tu vas me rouler.

Le renard prit un air fâché.

— Allons, Michka, ce n'est pas gentil ce que tu dis là. Nous sommes deux bons camarades et je ne te roulerai jamais. La preuve : nous partagerons la récolte en deux parts, et c'est toi qui choisiras celle que tu préfères. Je prendrai celle dont tu n'auras pas voulu. Qu'en penses-tu ?

— Comme ça, je suis d'accord, dit l'ours.

Ils labourèrent le champ et y semèrent des pommes de terre. Enfin, « ils labourèrent », c'est une façon de parler. L'ours étant le plus costaud, c'est lui qui s'attela à la charrue, tandis que le renard trottinait à ses côtés et le houspillait.

— Tu traînes ! Tu pourrais aller plus vite, quand même, gros flemmard ! Ah, quelle drôle d'idée j'ai eue de vouloir m'associer à cet ours ! Je n'ai pas fini de le regretter !

L'automne vint, le champ se remplit de jolies tiges souples aux fines feuilles d'un vert tendre, sous lesquelles avaient gonflé de gros tubercules d'un gris sale. Le renard proposa à l'ours :

— Eh bien, Michka, à toi de choisir : les tiges ou les tubercules ? le dessus ou le dessous ?

L'ours pensa à part lui : « Pas si bête ! Le renard voudrait peut-être que je me prenne ces grosses boules sales toutes cabossées. Personne ne voudra me les acheter. » Il se dépêcha de cueillir le dessus, ce qu'on appelle les fanes, tandis que le renard déterrait les tubercules. Puis ils partirent l'un et l'autre pour le marché. Le renard, évidemment, écoula vite ses pommes de terre, tandis que l'ours resta avec ses fanes sur les bras. Bien plus, l'ours devint la risée de tout le marché.

« Bon, pensa l'ours, j'ai compris la leçon. La prochaine fois je ne me laisserai pas avoir. »

Au printemps suivant, c'est l'ours, avec un petit sourire entendu, qui vint trouver le renard.

— Alors, voisin, nous recommençons comme l'année dernière ? Nous cultiverons le champ ensemble, et c'est moi qui choisirai ma part de la récolte.

Comme l'année précédente, c'est l'ours qui laboura, tirant la charrue aussi fort qu'il pouvait, tandis que le renard lui reprochait de ne pas en faire assez.

Ensuite, ils semèrent du blé. Une fois qu'il eut mûri, ils entreprirent de partager la récolte.

— Alors, Michka, demanda le renard, à toi de choisir. Le dessus ou le dessous ?

— Le dessous, bien sûr !

— Tu ne pourras pas dire que je t'ai empêché de faire ce que tu voulais, remarqua innocemment le renard. Je me contente de ce que tu me laisses.

Le renard faucha les tiges du blé et battit le grain, tandis que l'ours déterrait les racines. Inutile de vous raconter les éclats de rire qui accueillirent Michka quand il arriva au marché. Tous les acheteurs se montraient l'ours du doigt. L'ours était fou de rage.

— Ah, c'est comme ça, dit-il au renard. Tu vas me le payer, et cher !

L'ours, confiant dans sa grosse voix, proposa au renard un concours de grognements. Celui qui grognerait le plus fort dévorerait l'autre.

L'ours gonfla sa poitrine, ouvrit si grand sa gueule qu'il en ferma les yeux, et lança un son tellement puissant qu'il s'assourdit lui-même. Le renard, se voyant sans surveillance, en profita pour se sauver. Un ours sait crier fort, mais un renard sait courir vite. Le nôtre, personne ne l'a encore rattrapé.

Févronia la douce

Les contes russes s'apitoient souvent sur le sort des orphelins. Autrefois, guerres et maladies frappaient rudement le peuple, et beaucoup de parents mouraient en laissant de jeunes enfants. Ceux-ci se retrouvaient à la merci des bons (ou des moins bons) sentiments de leurs voisins.

La petite Févronia avait perdu ses parents. Des fermiers la recueillirent, non pour l'entourer d'affection, mais pour avoir une bonne à tout faire, qui filerait, tisserait, nettoierait sans leur coûter un sou.

Ces fermiers avaient trois filles, qui s'appelaient respectivement N'a-qu'un-œil, A-deux-yeux, A-trois-yeux, également flemmardes toutes les trois. Elles passaient toutes leurs journées au seuil de la maison, à regarder les villageois vaquer à leurs affaires. Pendant ce temps-là, c'était Févronia qui faisait tout l'ouvrage.

La seule amie de la pauvre Févronia était une vache tachetée, à laquelle elle racontait ses malheurs.

Un jour, elle lui confia, désespérée :

— Tu as beau n'être qu'une vache, tu comprends tout. Tu sais qu'on me bat, qu'on me gronde, qu'on me prive de nourriture, qu'on m'interdit même de pleurer. Eh bien, la fermière a été inventer encore autre chose. Elle m'a ordonné de filer, d'ici demain, ces trois kilos de laine brute et d'en tricoter des couvertures. Cette fois-ci, je suis perdue. C'est au-dessus de mes forces.

Par chance, il se trouvait que la vache savait parler le langage des humains. Aussi Févronia l'entendit-elle lui répondre :

— Enfouis ta tête entre mes pattes, compte jusqu'à dix, puis relève la tête.

Ainsi fit la pauvrette, et quel ne fut pas son étonnement, en relevant la tête, de voir, à la place de l'informe tas de laine, une pile soigneusement pliée de belles couvertures aux couleurs vives.

Févronia apporta son travail à sa maîtresse. Celle-ci, en grognant, rangea les couvertures au fond d'une malle et donna à Févronia, pour le lendemain, le double de laine à filer et à tricoter. Puis elle appela N'a-qu'un-œil.

— Il n'est pas possible, lui dit-elle, qu'elle soit venue toute seule à bout de cette besogne. Elle s'est sûrement fait aider. Dès qu'elle quittera la maison, tu la suivras et tu me diras qui elle a rencontré.

Il faisait très beau. N'a-qu'un-œil était ravie de cette occasion de faire une petite promenade. En chemin, elle arracha des herbes, cassa des branches, abîma des fleurs, puis, fatiguée, s'étendit dans l'herbe. Févronia murmura alors :

— Dodo, l'œil ouvert, dodo !

L'œil unique se ferma, et la vilaine fillette s'endormit.

Févronia n'attendait que ça. Elle courut retrouver sa bonne vache, lui confia la laine, se fourra la tête entre les pattes de l'animal et quand elle se releva, elle n'eut plus qu'à ramasser les couvertures. N'a-qu'un-œil dormait toujours.

La fermière enragea de voir revenir Févronia avec sa pile de splendides couvertures. Elle lui donna encore plus de laine que les deux premières fois et appela A-deux-yeux. Mais celle-ci, tout comme sa sœur, oublia la commission de leur mère et Févronia n'eut aucun mal à endormir ses deux yeux.

La troisième fille n'était ni plus maligne, ni plus obéissante que ses sœurs, mais c'est Févronia qui commit une erreur. Elle endormit deux des yeux, mais oublia le troisième. On peut l'excuser, ce n'est pas si courant d'avoir affaire à une personne dotée de trois yeux. Mais c'est avec le dernier œil, resté éveillé, que A-trois-yeux vit la vache transformer la laine.

La fermière, informée par A-trois-yeux alla trouver le père. Quand sa femme lui demanda d'abattre la vache, il essaya bien de protester :

— Mais c'est une jeune vache, qui peut donner encore beaucoup de lait ! Pourquoi l'abattre ?

La fermière ne tolérait pas les objections, même de son mari, et elle lui cloua le bec :

— Fais ce que je te dis et tais-toi !

Le père soupira, affûta son grand couteau et sortit de la maison. Févronia, qui avait tout entendu, courut prévenir la vache. Mais celle-ci, malgré tous ses pouvoirs magiques, ne pouvait rien contre le tranchant d'un couteau. Elle dit à Févronia :

— Je vais donc mourir. Personne ne peut l'empêcher. Quant à toi, une fois qu'on m'aura tuée, ne mange pas de ma viande. Ramasse mes os, enterre-les au fond du jardin et arrose-les chaque matin.

Ainsi, je saurai que tu penses toujours à moi et que tu n'oublies pas ton amie et confidente.

Ainsi fit la fillette. Elle se garda bien de toucher à la viande de la bonne vache, enterra ses os et ne laissa passer aucun matin sans les arroser. Et à cet endroit poussa un pommier merveilleux, aux pommes luisantes, aux feuilles d'argent et aux branches d'or. Tous ceux qui cheminaient sur la route s'arrêtaient pour l'admirer.

Bien des années s'écoulèrent. Les filles avaient grandi. Et un jour, passa devant le pommier le prince charmant dont rêvent princesses et bergères. Il aperçut l'arbre et, non loin de là, quatre jeunes filles. Il leur lança :

— La première qui me décrochera une de ces superbes pommes, c'est celle-là que j'épouserai.

N'a-qu'un-œil, A-deux-yeux et A-trois-yeux se précipitèrent vers le pommier, se bousculant l'une l'autre à grands coups de coude.

Les lourdes pommes pendaient presque jusqu'à terre. Mais quand le pommier vit s'approcher les trois vilaines filles, il se dépêcha, en relevant ses branches, de mettre ses beaux fruits à l'abri. Les filles prirent des bâtons pour les gauler, mais des feuilles vinrent se coller sur leurs yeux pour les aveugler et des rameaux se plantèrent dans leurs tresses.

Quand Févronia, à son tour, s'approcha du pommier, celui-ci, qui n'était autre que la bonne vache réincarnée, se hâta en revanche de mettre ses branches à sa portée.

Févronia épousa donc le prince. Ils vécurent sûrement heureux et eurent sûrement beaucoup d'enfants. Mais le conteur russe, lui, pensant avant tout à l'enfance difficile de Févronia, a préféré terminer ainsi son récit : « Févronia vécut dans l'aisance et ne connut plus le besoin. »

Vassilissa et la Baba-Yaga

La Baba-Yaga est une sorcière et une ogresse. Mais, à la différence de beaucoup d'ogres, elle ne dévore pas les gens tout de suite. Elle leur laisse en général une petite chance. Elle peut même être impressionnée par les héros courageux au cœur pur, telle la pauvre orpheline Vassilissa, un nom que l'on retrouve dans plusieurs contes.

La femme d'un marchand mourut alors que leur fille, Vassilissa la toute belle, atteignait ses huit ans. Sur son lit de mort, la maman confia à Vassilissa une poupée dont elle lui recommanda de prendre grand soin. Elle devrait la traiter comme un être vivant, et même lui donner à manger.

Le marchand, avant de se remarier, prit toutes les précautions possibles : il choisit une veuve qui avait déjà deux petites filles à peu près de l'âge de la sienne. Mais Vassilissa la toute belle méritait bien son surnom. Sa beauté éclipsait tellement celle des filles de la veuve que celle-ci la prit en grippe. Elle lui faisait faire les corvées les plus rebutantes, dans l'espoir que cela l'enlaidirait.

Mais, Vassilissa, même accablée de travail, ne cessait d'embellir, tandis que la marâtre et ses filles, qui ne faisaient pourtant rien de leurs dix doigts, séchaient d'envie. Ce qu'elles ignoraient, c'est que Vassilissa, elle non plus, ne se tuait pas à la tâche. À table, elle gardait les meilleurs morceaux pour la poupée de sa maman. Celle-ci, reconnaissante, lui faisait son travail et la fillette lui confiait ses malheurs.

Une fois que le marchand était parti pour un long voyage, sa femme alla s'installer dans une maison située en bordure d'une forêt. Dans cette forêt vivait la Baba-Yaga, une ogresse qui dévorait tous ceux qui passaient à sa portée. La marâtre espérait qu'à force d'envoyer Vassilissa dans la forêt, la fillette finirait bien par s'égarer et par tomber entre les doigts crochus de la Baba-Yaga. Mais ses espoirs furent longtemps déçus, car la poupée, toujours sur ses gardes, guidait les pas de la fillette.

Un soir d'automne, la marâtre, décidément bien égoïste, était partie se coucher, laissant les trois filles travailler à la lumière d'une unique bougie. Mais soudain, un courant d'air souffla la bougie, et la maison se trouva plongée dans l'obscurité. Ses demi-sœurs commandèrent alors à Vassilissa d'aller chercher du feu chez la Baba-Yaga. Vassilissa, épouvantée, demanda conseil à sa poupée. Celle-ci la rassura, lui disant que tant que la petite la garderait avec elle, elle n'aurait rien à craindre.

Cependant, tandis qu'elle s'enfonçait dans la forêt, Vassilissa tremblait comme une feuille. Et sa peur s'accrut encore quand elle entendit le galop d'un cheval. Elle se cacha derrière un tronc. Un cavalier blanc, vêtu de blanc, monté sur un cheval blanc, la dépassa sans lui prêter attention. Puis ce fut le tour d'un cavalier rouge, vêtu de rouge, monté sur un cheval rouge, et enfin d'un cavalier noir, vêtu de noir, monté sur un cheval noir. Peu après, Vassilissa atteignit la maison de la Baba-Yaga, qui était entourée d'ossements humains, sans doute ceux des malheureux qu'elle avait dévorés. La maison était protégée par une solide palissade formée de gros pieux. Sur chaque pieu était planté un crâne, au fond des orbites duquel brillaient des lumières qui s'allumaient le soir et s'éteignaient le matin.

Bientôt arriva la Baba-Yaga en personne. À la différence des sorcières de chez nous, elle ne chevauchait pas un balai. Elle avait pour moyen de transport un mortier qu'elle faisait avancer à l'aide d'un pilon.

Aussitôt elle s'écria :

— Ça sent la chair de Russe, ici ! Que l'intrus se nomme !

La fillette, tremblante, lui dit qui elle était et ce qui l'amenait.

— Bien, reprit la Baba-Yaga. Tu devras travailler pour moi. Si tu accomplis mes ordres, je te donnerai du feu. Sinon, je te mangerai.

Le lendemain, en quittant la maison, la Baba-Yaga lui donna à faire le ménage, à trier le grain, à préparer le souper. À son retour, le soir, le ménage était fait, le grain trié, le souper préparé. Vassilissa était debout auprès de la table, prête à la servir. La Baba-Yaga lui demanda :

— On ne t'entend pas beaucoup. Serait-ce que tu ne veux pas me parler ?

— Je n'ose. Mais si vous me permettiez, je vous poserais bien quelques questions.

— Des questions ? Hum... Il est parfois dangereux d'en savoir trop. Enfin, interroge toujours, on verra bien.

— Je voulais vous demander qui était le cavalier blanc, vêtu de blanc, sur un cheval blanc, que j'ai vu en venant ici.

— La lumière du jour qui m'éclaire.

— J'ai vu aussi un cavalier rouge, vêtu de rouge, sur un cheval rouge, et un cavalier noir, vêtu de noir, sur un cheval noir.

— C'étaient le couchant, qui empourpre le ciel, et la nuit, qui l'obscurcit. Heureusement que tu m'as questionnée sur ce que tu as vu en dehors de ma maison, car je n'aime pas les curieux qui veulent mettre le nez dans mes affaires. Et maintenant, à mon tour de t'interroger. Comment as-tu fait pour accomplir toutes les tâches que je t'avais données ?

Vassilissa se dit qu'elle se devait d'être aussi prudente que la Baba-Yaga, et qu'elle n'était pas obligée de lui révéler tous ses secrets.

— Ma mère, en mourant, m'a laissé sa bénédiction. C'est elle qui me vient en aide.

— Je n'aime ni les saints, ni les anges, ni les bénédictions et n'ai rien à faire d'une fille bénie. Fiche-moi le camp d'ici !

Elle chassa Vassilissa, mais, respectueuse de sa promesse, elle lui remit, en paiement du travail que la fillette avait accompli pour elle, un des crânes aux yeux flamboyants qui ornaient la clôture.

À son retour, Vassilissa trouva la maison froide et obscure. Ni la marâtre ni ses filles n'avaient pu y allumer le moindre feu ; le bois refusait de s'enflammer. Quand Vassilissa apporta le crâne dans la salle, les yeux du crâne se fixèrent sur les trois méchantes, les poursuivant partout où elles essayaient de se cacher. Au matin elles avaient été réduites en cendres.

Vassilissa n'avait aucune envie de rester dans cette demeure maudite. Aidée par sa poupée, elle rejoignit son père. Quant à la poupée, elle en prit soin jusqu'à la fin de sa vie.

Voilà le conte terminé, à boire au conteur il faut verser, il l'a bien mérité.

De grenouille en princesse

Vassilissa et surtout Ivan sont parmi les personnages les plus populaires des contes russes. Vassilissa est toujours belle, bonne et intelligente, parfois un peu magicienne. Ivan, lui, est toujours sympathique, en général courageux, pas toujours très futé et souvent malchanceux. Il ne détient jamais de pouvoirs magiques. Quand, dans un conte, il est question de trois frères, c'est toujours le plus jeune qui s'appelle Ivan.

Il était une fois un royaume dont le tsar avait trois fils. Le plus jeune se nommait Ivan.

Un jour, le tsar fit venir ses fils et leur parla ainsi :

— Mes fils, le temps est venu pour vous de prendre femme. Prenez vos arcs, tournez-vous de trois côtés différents et décochez chacun une flèche. Là où elle tombera sera votre fiancée.

La flèche du fils aîné se planta dans le balcon de bois d'un palais, juste devant la chambre de la fille du seigneur. Celle du cadet chuta devant la demeure d'un riche marchand, au pied du perron d'honneur, au moment où la fille du marchand allait descendre.

Ivan, lui, vit sa flèche se ficher dans la boue d'un marais, où une grenouille s'en empara. Il fit semblant de n'avoir rien vu, mais, manque de chance, la grenouille savait parler et elle l'interpella :

— Coâ, coâ, Ivan fils de tsar ! Ta fiancée t'attend avec ta flèche.

Ivan répondit, tout penaud :

— Tu veux que je me fiance à une grenouille ? Les gens vont se moquer de moi.

— Ne t'en occupe pas, Ivan. Si tu m'épouses, tu ne le regretteras pas.

Impressionné sans doute d'entendre une grenouille s'exprimer en langage humain, Ivan enveloppa le petit animal dans son mouchoir et l'emporta au palais royal.

Les trois princes se retrouvèrent auprès du tsar et lui racontèrent leurs aventures. Quand ce fut le tour d'Ivan, ses frères se moquèrent copieusement de lui, mais le tsar trancha :

— Tu n'as pas le choix, Ivan. Ce qui est dit est dit. Tu dois épouser la grenouille.

Les trois noces eurent lieu le même jour et, le lendemain, le tsar convoqua ses fils.

— Eh bien, mes enfants, vous voilà mariés tous les trois. Je voudrais voir ce que vos épouses savent faire. Demain matin chacun m'apportera une miche de bon pain blanc préparée par sa femme.

Ivan revint chez lui la tête basse.

— Coâ, coâ, Ivan fils de tsar ! Tu as l'air bien triste. C'est à cause de ton père ?

— Je pense bien ! Il veut que je lui apporte demain matin une miche que tu aurais faite toi-même.

— Il n'y a que ça qui te tracasse, Ivan ? Ne t'inquiète pas et va dormir. La nuit porte conseil.

À peine Ivan endormi, la grenouille se dépouilla de sa peau verte et se transforma en une jeune fille d'une merveilleuse beauté, comme on n'en trouve que dans les contes. On l'appelait Vassilissa, mais malgré son charme, elle était surnommée non point la toute belle, mais l'astucieuse, et il y avait à cela de bonnes raisons.

Vassilissa, donc, tamisa la farine, pétrit la pâte, en fit une miche tendre et moelleuse et la décora de superbes dessins : sur les côtés étaient représentées des villes avec des palais, des jardins et des tours, sur le dessus, des oiseaux aux ailes rapides et, par-dessous, des bêtes aux pattes agiles.

Le matin venu, Coâ-coâ réveilla Ivan :

— Debout, le dormeur, c'est l'heure de porter mon travail à ton père !

Ivan, bouche bée, contempla la miche de Vassilissa l'astucieuse, la plaça sur un plat d'or – elle méritait bien cet honneur – et la porta à son père.

Les deux fils aînés vinrent aussi, mais ils n'avaient pas de quoi se vanter : la miche de la fille du seigneur était brûlée, et celle de la fille du marchand était trop cuite d'un côté et pas assez de l'autre, ce qui lui donnait un air penché.

Le tsar fit donner la miche de son aîné à ses chiens. Quand il vit celle du cadet, il bougonna :

— Pour manger ça, il faut vraiment avoir très faim.

Vint ensuite le tour d'Ivan. Le tsar s'exclama :

— Des miches comme celle-là, il faut les garder pour les grandes fêtes.

Pour bien savoir ce que valaient ses belles-filles, le tsar ne s'en tint pas à cette première épreuve. Après avoir testé leurs qualités de cuisinières, il voulut voir si elles savaient bien coudre et bien danser. Pour la couture, pas de souci à se faire, la grenouille fabriqua un tapis aussi richement orné que la croûte de sa miche, alors que ses belles-sœurs ne remirent au tsar que d'infâmes paillassons.

Mais le tsar avait encore une épreuve en réserve. Pour voir laquelle de ses belles-filles dansait le mieux, le tsar les convia avec leurs maris à un grand banquet auquel devaient assister tous les courtisans. Quand Ivan en eut informé la grenouille, celle-ci, sans se démonter, lui donna les instructions suivantes :

— Pars seul au banquet, je t'y rejoindrai plus tard. Si tu entends un grand vacarme et le grondement du tonnerre, ne t'inquiète pas. Dis au tsar que c'est ta grenouille de femme qui arrive au palais dans la boîte qui lui sert de carrosse.

Ainsi fit Ivan. Il trouva dans la salle du festin ses deux frères qui se pavanaient avec leurs épouses richement vêtues et couvertes de bijoux. Ils ne perdirent pas une occasion de se moquer de lui :

— Tiens, tu es venu seul ? Pourquoi ne nous as-tu pas amené ta grenouille dans ton mouchoir ? Elle nous aurait charmés de ses coassements.

Soudain un grand bruit se fit, et le tonnerre ébranla le palais, terrorisant les invités. Ivan leur dit :

— N'ayez pas peur ! Ce n'est que ma grenouille de femme qui arrive au palais à bord de la boîte qui lui sert de carrosse.

Tous se précipitèrent vers les fenêtres et virent galoper des messagers qui précédaient un carrosse doré tiré par de fringants coursiers et escorté de valets en livrée.

Une fois le carrosse arrêté devant le perron, qui en descendit ? Vassilissa, bien sûr, resplendissante comme le soleil en son midi et bien décidée à profiter de sa soirée et à venger son cher mari de toutes les moqueries qu'il subissait à cause d'elle.

Les invités se remirent de leur étonnement et firent honneur au festin. Tous mangeaient, buvaient et causaient gaiement. Mais Vassilissa l'astucieuse, en buvant, laissait toujours un peu de vin au fond de sa coupe et le vidait dans sa manche gauche, tandis qu'elle jetait les os des volailles dans sa manche droite.

Ses belles-sœurs, éberluées, crurent que c'était là le comble du raffinement et se hâtèrent de suivre son exemple.

Le tsar, une fois rassasié, donna le signal des danses. Dès qu'Ivan fils de tsar eut commencé à faire tourner Vassilissa, celle-ci secoua ses manches : de la gauche s'échappa un lac aux eaux limpides et, de sa droite, des cygnes blancs qui vinrent se poser gracieusement sur le lac. Dès que Vassilissa s'arrêta de danser, tout disparut : le lac comme les cygnes.

Ses belles-sœurs, impatientes de l'imiter, agitèrent leurs manches gauches, aspergeant de vin les invités, et quand elles vidèrent leurs manches droites, un des os qui s'en échappèrent faillit crever l'œil du tsar. Celui-ci, furieux, les fit chasser aussitôt.

La soirée approchait de sa fin. Ivan profita d'un moment où personne ne faisait attention à lui pour quitter le palais. Il se précipita chez lui, saisit la peau de grenouille de Vassilissa et la jeta au feu.

Quand Vassilissa rentra à son tour, elle se mit en quête de sa peau de grenouille, mais elle ne trouva que des cendres dans la cheminée. Elle dit alors à Ivan :

— Pauvre de nous ! Quelle idée as-tu eue de brûler ma peau de grenouille ! Il ne te restait que trois jours à patienter, et j'aurais été à toi pour toujours. Tandis que maintenant, je suis obligée de te quitter, et tu devras me chercher dans le pays d'au-delà des sept terres, chez le Squelette immortel.

Sur ces mots, elle se changea en cygne et s'envola par la fenêtre.

Ivan était au désespoir. Il s'équipa, prit son arc et ses flèches et partit à la recherche de son épouse.

Combien de temps marcha-t-il, nul ne le sait. Comme aiment dire les conteurs russes, ça va vite à raconter, ça va moins vite à faire.

Au bout de ses heures, ou jours, ou mois de marche, Ivan rencontra un vieillard chenu.

— Bonjour, grand-père, le salua Ivan.

— Bonjour, brave jeune homme. Que cherches-tu, où vas-tu ?

Ivan raconta au vieillard sa mésaventure.

— Ce n'était pas malin de ta part, lui reprocha le vieillard, de brûler cette peau de grenouille. Ce n'est pas toi qui la lui avais fait revêtir, ce n'était pas à toi à la lui retirer. Le père de Vassilissa l'astucieuse, le Squelette immortel, est jaloux d'elle, parce qu'elle est plus intelligente que lui. Et, pour la punir, il l'a condamnée à passer trois ans à coasser dans un marais. Enfin, ce qui est fait est fait. Il ne sert à rien de se lamenter. Prends plutôt cette balle : en roulant, elle t'indiquera le chemin.

Ivan suivit la balle. Soudain, au détour d'un chemin, le jeune prince aperçut un ours. Il se saisit de son arc, le banda, mais l'ours lui dit :

— Fais-moi grâce, Ivan fils de tsar, je pourrai te rendre service un jour.

Ivan rencontra ensuite un canard, puis un lièvre, mais ceux-ci obtinrent de la même façon la vie sauve.

Arrivé à la lisière de la forêt il aperçut une maisonnette perchée sur deux pattes de poule. C'était là que demeurait une sorcière toute décharnée, la Baba-Yaga.

Ivan n'avait pas l'intention de se laisser impressionner. La maisonnette lui tournait le dos. Il trouva cela impoli et lui intima l'ordre de lui faire face. La maisonnette pivota, présentant sa fenêtre à Ivan. La Baba-Yaga, regardant par la fenêtre, demanda à

Ivan qui il était et ce qu'il venait faire dans les parages. Ivan lui dit tout de go :

— Avant de me poser des questions, tu ferais mieux de me faire manger et boire et de me préparer un bain.

N'oublions pas qu'Ivan avait fait grâce à l'ours, au canard et au lièvre. Il devait avoir rudement faim.

La Baba-Yaga était particulièrement de bonne humeur ce jour-là, car elle s'exécuta sans protester. Et c'est un Ivan rassasié et nettoyé qui lui raconta ce qui lui était arrivé. La vieille était au courant :

— Celle que tu cherches est au pouvoir du Squelette immortel. Celui-ci est pratiquement impossible à vaincre. Tout ce que je peux te dire, c'est que sa mort se trouve au fond d'un œuf, l'œuf dans le bec d'un canard, le canard dans l'estomac d'un lièvre, et ce dernier dans un coffre juché au sommet d'un immense chêne.

Et la Baba-Yaga lui indiqua même où se trouvait le chêne. Ivan y parvint. En levant la tête autant qu'il put, il aperçut le coffre, mais il était incapable de l'atteindre. C'est alors qu'apparut l'ours auquel il avait laissé la vie sauve. L'animal, reconnaissant, attrapa le chêne de ses puissantes pattes et le déracina. Le coffre tomba à terre, où il se brisa. Le lièvre s'en échappa, aussitôt poursuivi par celui qu'Ivan avait épargné. Ce dernier déchira le ventre de son congénère, livrant passage au canard. Celui-ci, attaqué par le canard qui avait promis d'aider Ivan, lâcha l'œuf, que le jeune homme se hâta de saisir.

C'est alors qu'apparut le Squelette immortel. Mais Ivan lui montra l'œuf et se mit à le faire sauter d'une main dans l'autre. À chaque fois, le Squelette était soulevé et balancé d'un côté à l'autre. Puis Ivan mit fin au jeu et écrasa l'œuf, renvoyant le Squelette au monde des cimetières.

Le charme était rompu. Vassilissa l'astucieuse retrouva pour toujours sa forme de femme et vécut heureuse de longues années avec Ivan.

LES POMMES RAJEUNISSANTES ET L'EAU VIVIFIANTE

Dans plusieurs contes russes, il est question d'un liquide mystérieux, appelé « eau vive », et qui a le pouvoir de guérir les maladies, de cicatriser les plaies et même, parfois, de ressusciter les morts. On rencontre aussi dans certains contes une eau morte, qui, elle, a l'effet contraire.

Il était une fois un tsar très âgé et presque aveugle. Un jour, on lui rapporta que dans le pays d'au-delà des sept terres se trouvait un verger dont les pommes avaient le don de rajeunir, et un puits dont l'eau pouvait rendre la vie.

Le tsar donna alors un banquet fastueux auquel il convia princes et seigneurs.

— Nobles vassaux, leur dit-il, qui d'entre vous est prêt à tout quitter pour m'aller chercher des pommes qui rajeunissent et une cruche d'eau vive ? À celui qui m'en rapportera, je donnerai la moitié de mon royaume.

Fédor, le fils aîné du tsar, se dressa alors et dit :

— Je n'ai nulle envie de voir échapper à notre famille la moitié du royaume. C'est moi qui partirai à la recherche du verger et du puits.

Longtemps il chemina par monts et par vaux, jusqu'à ce qu'il arrive à un carrefour d'où partaient trois routes. Au carrefour était planté un écriteau qui portait cette inscription : « Chemin de droite, vie sauve au cavalier, mort au cheval. Chemin de gauche, vie sauve au cheval, mort au cavalier. Chemin du milieu, mariage. »

Fédor se décida pour la route du mariage. Il parvint rapidement à un palais au toit d'or, d'où une fille superbe sortit à sa rencontre.

— Fils de tsar, lui dit-elle, je t'offre pain et vin et un lit pour la nuit.

— Je ne veux ni pain ni vin, ô fille, et le sommeil me ralentirait dans ma course.

— Fils de tsar, tu as tout ton temps. Suis plutôt l'inclination de ton cœur.

Fédor mit pied à terre, la fille l'introduisit dans le palais, le fit manger et boire, puis l'emmena dans la chambre. À peine Fédor se fut-il étendu que la fille fit basculer le lit et que Fédor dégringola dans une fosse profonde.

Le temps passait, et le tsar s'impatientait.

Il réunit une nouvelle fois princes et seigneurs et leur proposa, en échange d'une moitié de son royaume, de partir à la recherche des pommes rajeunissantes et de l'eau vive.

Mais les nobles se cachèrent les uns derrière les autres, de peur d'être désignés. Le fils cadet Vassili, toujours pour éviter de perdre une part de son héritage, se proposa. Il se mit en route et, après une longue chevauchée, il arriva au même carrefour que son aîné, lut l'écriteau et choisit lui aussi la route qui menait au mariage.

Devant un palais l'attendait une fille superbe, qui le fit manger et boire, puis le conduisit dans une chambre, l'étendit sur un lit et le fit basculer dans une fosse profonde où il retrouva Fédor.

Le tsar, de plus en plus impatient, rassembla encore une fois sa Cour.

— Qui va se porter volontaire pour me rapporter des pommes rajeunissantes et de l'eau vive ?

Tous se dissimulèrent les uns derrière les autres, et personne ne répondit.

C'est alors qu'Ivan, le dernier fils du tsar, prit la parole :

— Bénis-moi, ô mon père, bénis ma tête folle et mes jambes rapides, pour le voyage que je vais entreprendre dans le pays d'au-delà des sept terres afin de te rapporter les pommes et l'eau et te ramener mes deux frères.

Arrivé à l'écriteau du carrefour fatal, il choisit la route qui promettait vie sauve au cheval et mort au cavalier. Nul ne sait combien de temps il chemina, combien il traversa de vertes prairies et escalada de montagnes escarpées, mais il finit par arriver à une maisonnette en bordure de la forêt. Cette maisonnette était juchée sur deux pieds de poule et n'avait qu'une fenêtre, tournée vers la forêt.

Ivan commença par mettre la maisonnette dans le bon sens, puis il entra et trouva la Baba-Yaga qui filait. Toujours aussi aimable, elle marmonna :

— Pouah ! il ne manquait plus qu'un Russe ici ! De toute ma vie je n'en avais ni vu l'aspect, ni entendu la voix, ni reniflé l'odeur. Et en voilà un qui débarque !

— Toi, rétorqua Ivan, tu es de celles qui plument l'oiseau qu'elles n'ont pas encore attrapé et qui dénigrent le brave jeune homme qu'elles voient pour la première fois. Tu ferais mieux de me préparer table et lit. Une fois que je serai couché, tu t'assiéras à mon chevet et je te raconterai qui je suis et d'où je viens.

La Baba-Yaga comprit qu'il valait mieux ne pas discuter. Elle fit comme Ivan lui avait dit, puis s'assit à côté de son lit et lui demanda du ton le plus aimable :

— Qui es-tu donc, brave jeune homme, courageux voyageur ? D'où viens-tu ? Qu'est-ce qui t'a poussé à quitter père et mère ?

— Je viens d'un royaume dont mon père est tsar, et je me rends dans le pays d'au-delà des sept terres, pour en rapporter des pommes rajeunissantes et de l'eau vive.

— Mon pauvre jeune homme, tu n'es pas au bout de tes peines ! Ce verger et ce puits, c'est la farouche guerrière Marie-les-yeux-bleus qui en a la garde. Elle n'est autre que ma propre nièce. Je ne sais trop si elle te laissera prendre ce que tu recherches.

— Et si tu m'enseignais, grand-mère, comment je dois procéder ?

— Le royaume de Marie-les-yeux-bleus est entouré d'un rempart de dix mètres de haut et de deux mètres d'épaisseur, avec trente rudes guerriers pour en garder la porte. Jamais ils ne te laisseront la franchir. Mets-toi en route par une nuit profonde sur mon fidèle coursier. Arrivé au rempart, fais-le franchir à mon cheval en le frappant d'un fouet neuf. Attache-le à un poteau et pénètre dans le verger. Cueille trois pommes rajeunissantes, pas une de plus, et remplis au puits une gourde d'eau vive, pas une goutte de plus. Marie-les-yeux-bleus dormira. Ne t'avise pas de l'éveiller et repars comme tu es venu.

Ivan, impatient, enfourcha le fidèle coursier de la Baba-Yaga et chevaucha on ne sait par quelles vertes prairies ou par quelles montagnes escarpées. Il arriva en pleine nuit face au rempart de dix mètres et aperçut devant la porte les trente rudes guerriers qui la gardaient. Il frappa alors son cheval de son fouet neuf. Le coursier, furieux, franchit le rempart d'un bond. Ivan mit pied à terre, s'enfonça dans le verger et y trouva des pommiers au feuillage d'argent et aux fruits d'or, qui abritaient un puits. Ivan cueillit trois pommes, pas une de plus, remplit une gourde, pas une goutte de plus, mais l'envie le prit de contempler la farouche et puissante guerrière aux yeux bleus. Il entra dans le palais, découvrit la jeune fille endormie et posa ses lèvres sur les siennes. Puis il ressortit aussi vite qu'il était entré et sauta en selle. Mais le cheval lui dit en langage d'homme :

— Tu as désobéi. Tu es allé voir Marie-les-yeux-bleus. Maintenant, je serai incapable de franchir une nouvelle fois le rempart.

— Ah, c'est comme ça, vieille rosse tout juste bonne à nourrir les loups ! Tu vas me sortir d'ici vite fait. Je n'ai pas envie de périr ici.

Et il frappa le cheval de son fouet. La monture s'enleva, passa le rempart, mais l'effleura de son dernier sabot, déclenchant la sonnerie de nombreuses cloches. Marie-les-yeux-bleus s'éveilla, découvrit le larcin et s'élança à la poursuite du voleur.

Ivan pousse son cheval aussi vite qu'il peut. Il approche de la maisonnette juchée sur un pied de poule et aperçoit son cheval frais que la Baba-Yaga lui a sellé. Il change rapidement de monture et poursuit sa course folle.

À peine a-t-il franchi le portail que Marie-les-yeux-bleus s'y engouffre.

— Ma tante, n'as-tu pas vu passer ici une bête ?

— Non, ma foi.

— Ni galoper un cavalier ?

— Non plus, ma petite. Tu ne voudrais pas un verre de lait ?

— Il faudrait que tu ailles traire la vache, et je n'ai pas le temps.

— Ne t'inquiète pas, j'aurai vite fait.

La Baba-Yaga, sans se presser, alla traire la vache et rapporta un verre de lait à sa nièce. Celle-ci le but et reprit la poursuite. Son coursier bondissait d'une colline à l'autre, balayant des lacs entiers d'un coup de queue. Peu à peu, il rattrapait le cheval d'Ivan. De loin, Marie-les-yeux-bleus lui cria :

— Qu'est-ce que c'est que ces voleurs qui viennent boire à mon puits et qui ne remettent même pas son couvercle en place ?

Ivan lui répondit :

— Écartons-nous chacun de trois bonds de cheval et mesurons-nous !

Ivan le fils de tsar et Marie-les-yeux-bleus firent reculer leurs chevaux de trois bonds, prirent leurs lourdes masses, leurs longues lances et leurs épées tranchantes, puis s'élancèrent l'un vers l'autre.

Trois fois ils s'affrontèrent, leurs masses se brisèrent, leurs lances et épées s'émoussèrent, mais aucun des deux ne put désarçonner l'autre. Ils sautèrent alors de cheval et s'empoignèrent au corps à corps.

Ils luttèrent ainsi tout le jour, jusqu'au coucher du soleil. À un moment, Ivan se tordit le pied, chuta, aussitôt la guerrière se jeta sur lui, lui écrasa la poitrine de son genou et tira son poignard d'acier pour lui percer le cœur. Ivan lui dit alors :

— Plutôt que de me tuer, tu ferais mieux de m'aider à me relever et de coller tes lèvres aux miennes.

Marie-les-yeux-bleus accepta sans hésiter. Les deux jeunes gens joignirent leurs lèvres, puis dressèrent une tente, échangèrent leurs anneaux et firent la fête trois jours durant pour célébrer leurs noces.

La jeune femme lui annonça alors qu'elle allait retourner chez elle. Elle conseilla à Ivan de rentrer dans le royaume de son père par la route la plus directe, sans faire de détours, et lui promit que, dans trois ans, elle viendrait le rejoindre.

Ainsi firent-ils. Longtemps chemina Ivan, – cela va vite à raconter, moins vite à faire –, puis il finit par atteindre le carrefour à l'écriteau mystérieux. Il pensa alors : « Je ne peux pas rentrer à la maison sans savoir ce que sont devenus mes frères. »

Oubliant la recommandation de la guerrière, il tourna pour prendre la route qui menait au mariage. Il approcha du château au toit d'or, son cheval hennit, et deux autres chevaux lui répondirent. C'étaient ceux de ses deux aînés.

Ivan monta le perron, cogna à l'huis : les murs tremblèrent, les fenêtres tintèrent, des tuiles dégringolèrent. La jeune fille qui habitait le château sortit et s'exclama :

— Mais c'est Ivan fils de tsar ! Depuis le temps que je t'attendais ! Entre vite, que je te serve à manger et à boire et que je t'emmène dans la chambre à coucher !

Ivan entra, mangea et but et, quand ils pénétrèrent dans la chambre, le jeune homme, prenant les devants, jeta la jeune fille sur le lit et fit basculer celui-ci. La fosse s'ouvrit et Ivan cria :

— Y a-t-il encore là au fond âme qui vive ?

Deux voix s'élevèrent de dessous terre :

— Oui ! Ici sont Fédor fils de tsar et Vassili fils de tsar !

Ivan les aida à sortir. Ils étaient décharnés, leur visage était noir comme de la terre. Il les aspergea d'eau vive, et ils retrouvèrent aussitôt leur bonne mine.

Les trois frères montèrent à cheval et se mirent en route. En arrivant au carrefour, Ivan dit à ses frères :

— Surveillez mon cheval. Je vais m'étendre pour une petite sieste.

Il s'allongea sur l'herbe soyeuse et s'endormit d'un profond sommeil. Fédor dit alors à Vassili :

— Si nous rentrons à la maison sans les pommes ni l'eau, notre père nous enverra garder les oies.

Son cadet lui répondit :

— Balançons Ivan au fond d'un gouffre, et c'est nous qui rapporterons son butin à notre père.

Ils tirèrent du pourpoint d'Ivan les pommes et la gourde, puis ils l'empoignèrent et le jetèrent d'une falaise si haute que la chute d'Ivan dura trois jours et trois nuits.

Ivan atterrit au bord d'un rivage. En rouvrant les yeux, il n'aperçut que le ciel et la mer, et aussi des oisillons qui se blottissaient sous un vieux chêne, pour échapper à la tempête. Ivan retira son manteau et les en couvrit, puis il se mit à l'abri sous l'arbre.

Dès que le temps se calma, la mère oiselle put revenir. Elle demanda aussitôt à ses petits comment ils avaient échappé à la tempête.

— Ne t'inquiète pas, mère, répondirent-ils, un Russe est venu et il nous a couverts de son manteau.

L'oiselle se tourna alors vers Ivan fils de tsar :

— Comment t'es-tu retrouvé ici, bon jeune homme ?

— Mes frères m'ont jeté du haut de la falaise afin de garder pour eux les pommes rajeunissantes et l'eau vive.

— Tu as sauvé mes petits. Tu peux me demander tout ce que tu voudras, or, argent, bijoux, et je te le donnerai.

— Je n'ai besoin de rien, oiselle, ni d'or, ni d'argent, ni de bijoux. Tout ce que je voudrais, c'est revoir mon pays.

L'oiselle le prit sur son dos et l'emmena dans son pays. Sitôt arrivé, il se rendit à la ville et apprit que Fédor fils de tsar et Vassili fils de tsar avaient rapporté les pommes rajeunissantes et l'eau vive, et que le tsar était désormais guéri : il avait recouvré santé et vue.

Ivan comprit que ce n'était pas le moment, pour lui, de retourner chez ses parents. Il rassembla tous les ivrognes qu'il put trouver et ils firent ensemble le tour des cabarets.

C'est à ce moment même que dans le pays d'au-delà des sept terres, Marie-les-yeux-bleus donna naissance à deux fils, qui grandirent à une vitesse fantastique. Les trois années fixées passèrent. La guerrière leva une armée et, accompagnée de ses enfants, partit à la recherche de son mari.

Marie-les-yeux-bleus arriva au pays d'Ivan, dressa sa tente sur l'herbe drue dans une vallée riante, disposa de riches étoffes devant l'entrée de la tente et fit dire au tsar qu'il lui rende son fils Ivan, sinon elle mettrait à sac tout son royaume et le jetterait en prison.

Le tsar, effrayé, envoya en ambassade son aîné, Fédor fils de tsar. Celui-ci, comme il approchait de la tente, vit venir à lui deux forts gamins :

— Mère, mère, demandèrent-ils, n'est-ce pas là notre père qui vient ?

— Non, mes enfants, c'est votre oncle.

— Que devons-nous en faire ?

— Lui donner une bonne correction.

Aussitôt dit, aussitôt fait. Les deux gamins prirent de fortes branches avec lesquelles ils caressèrent le bas du dos de Fédor. Ils y allèrent de si bon cœur que Fédor eut bien du mal à leur échapper.

Marie-les-yeux-bleus fit passer au tsar un nouveau message demandant de lui rendre Ivan.

Le tsar, de plus en plus effrayé, envoya Vassili. Celui-ci, à son tour, se fit frotter le dos d'importance et s'échappa de justesse.

La troisième fois, la guerrière fit savoir au tsar qu'il veuille bien retrouver au plus vite Ivan, sinon son royaume ne serait plus que ruines.

Le tsar, épouvanté, fit venir Fédor et Vassili et leur commanda de retrouver au plus vite leur frère. Les deux aînés tombèrent alors à genoux et avouèrent leur forfait.

Apprenant que son troisième fils avait été jeté dans un précipice, le tsar fondit en larmes. Mais au même moment, Ivan, suivi de tous ses compagnons de beuverie, approchait de la tente de Marie-les-yeux-bleus. Les ivrognes foulaient au pied et déchiraient les riches tapis.

Les deux gamins coururent trouver leur mère :

— Mère, mère, un ivrogne vient nous trouver avec toute une bande de piliers de cabaret.

Mais la guerrière leur dit :

— Prenez-le par la main et amenez-le dans, la tente, car c'est lui votre père, qui a souffert injustement trois longues années.

Les garçons firent entrer Ivan. Maria le lava, le coiffa, l'habilla et le coucha à côté d'elle. Les garçons versèrent un verre à chacun des compagnons d'Ivan et les renvoyèrent chez eux.

Le lendemain, Marie-les-yeux-bleus et Ivan fils de tsar se rendirent au palais. Le tsar donna un grand banquet, tous festoyèrent en l'honneur du mariage. Les deux fils aînés furent chassés et passèrent le reste de leur vie à vagabonder sans jamais connaître le repos.

Ivan, pourtant, ne demeura pas chez ses parents. Après la fête, les jeunes époux repartirent ensemble pour le pays de Marie-les-yeux-bleus. Ils vécurent vieux, accumulèrent du bien et burent force hydromel.

À LA RECHERCHE DE L'OISEAU DE FEU

On rencontre souvent dans les contes russes un oiseau merveilleux dont les plumes luisent dans l'obscurité, ce qui lui a valu le nom d'oiseau de feu. Et cet oiseau, tout le monde veut l'attraper, car il symbolise la lumière. La couleur du feu – le rouge – est depuis toujours la couleur préférée des Russes, qui l'ont placée dans leur drapeau national, en dessous du blanc et du bleu.

Le roi Androne avait un fils nommé Ivan et, entre autres richesses, possédait un verger superbe, auquel il tenait beaucoup. Son arbre préféré, dans ce verger, était un pommier qui donnait des fruits d'or. Mais, toutes les nuits, un oiseau de feu, aux plumes d'or et aux yeux de cristal, venait chaparder des pommes. Androne, que cela contrariait fort, promit à son fils Ivan de lui céder immédiatement la moitié de son royaume s'il parvenait à capturer le voleur ailé.

Ivan s'installa pour la nuit dans le verger. Il succomba au sommeil, mais une vive lumière le réveilla. C'était l'oiseau de feu qui arrivait. Ivan s'en approcha silencieusement et l'attrapa par la queue. Mais l'oiseau se dégagea, et Ivan ne conserva dans sa main qu'une plume d'or. Au matin, il la rapporta à son père, qui s'en émerveilla. En effet, il suffisait de mettre cette plume dans une pièce obscure pour l'éclairer aussi vivement que cent bougies allumées.

Après cette nuit-là, l'oiseau de feu ne revint plus, mais le roi voulait à tout prix le capturer. Il lança un appel à tous les hommes courageux. Ivan se proposa. Après avoir reçu la bénédiction paternelle, il prit un cheval et partit au hasard. Et le hasard, qui fait parfois bien les choses, l'amena à un carrefour, où se trouvait un écriteau où on pouvait lire : « Quiconque ira au milieu souffrira froid et faim ; quiconque ira à droite survivra, mais perdra son cheval ; quiconque ira à gauche périra, mais son cheval survivra. »

Ivan réfléchit. Garder son cheval au prix de sa propre vie n'était manifestement pas la solution. Un cavalier sans cheval peut se trouver un autre cheval ; un cheval sans cavalier, lui, ne peut rien faire. Ivan prit donc à droite et ne tarda pas à voir surgir en travers de son chemin un énorme loup gris.

— Salut à toi, jeune preux, dit le loup. Tu as bien lu l'inscription sur l'écriteau, tu sais donc ce qui t'attend.

Gueule ouverte et griffes en avant, il se jeta sur le cheval d'Ivan et le déchiqueta, puis il s'éloigna.

Ivan fils de roi pleura amèrement son cheval et poursuivit son chemin à pied. Sort peu enviable quand on connaît les immenses distances de la Russie. Pour retrouver leur fiancée perdue, certains héros de contes ont usé jusqu'à trois paires de bottes de fer ! Alors, pensez donc, quelle folie que d'essayer d'atteindre sans cheval la cachette de l'oiseau de feu !

Chemina-t-il ainsi une journée, une semaine ou un mois, toujours est-il qu'il finit par tomber d'épuisement. Et c'est alors que, levant les yeux, il aperçut le grand loup gris, qui lui dit :

— J'ai pitié de toi, Ivan. En effet, en tuant ton cheval, je t'ai contraint à marcher à pied. Allez, monte sur mon dos et dis-moi où je dois te conduire.

Ayant appris qu'Ivan recherchait l'oiseau de feu, il amena le prince jusqu'à une haute clôture et s'arrêta.

— Descends et escalade cette clôture, lui dit-il. Derrière il y a un jardin où se trouve l'oiseau de feu dans une cage d'or. Empare-toi de l'oiseau, mais surtout ne prends pas la cage, autrement tu seras capturé.

Ivan escalada la clôture, ouvrit la cage d'or, prit l'oiseau de feu, puis il réfléchit que, sans cage, il ne saurait où le mettre. Il revint alors sur ses pas et prit la cage. Mais celle-ci était attachée par des fils métalliques qui se mirent à tinter, réveillant les gardes du palais. Ceux-ci s'emparèrent d'Ivan et l'amenèrent au roi du pays, qui s'appelait Dolmat. Ce roi entra dans une grande colère :

— Tu n'as pas honte, jeune homme, de voler ? Qui es-tu, de quel pays viens-tu, de qui es-tu le fils ?

Quand Ivan lui eut raconté son histoire, le roi lui dit :

— Pourquoi as-tu agi comme un malfaiteur, Ivan fils de roi ? Si tu étais venu me le demander, je t'aurais donné l'oiseau de feu de mon plein gré. Je pourrais maintenant envoyer des messagers dans tous les autres royaumes pour les avertir de ta conduite indigne. Cependant, Ivan fils de roi, je n'en ferai rien. Si tu veux bien, tu peux me rendre un immense service. Je cherche quelqu'un qui accepte d'aller dans le pays d'au-delà des sept terres chez le roi Aphrone pour m'en ramener le cheval à la crinière d'or. Si tu t'en charges, je t'accorderai mon pardon et te donnerai de surcroît l'oiseau de feu. Si tu refuses, je ferai connaître ton forfait dans tous les royaumes.

Ivan ne manqua pas d'accepter et retourna auprès du loup, qui lui reprocha de n'avoir pas suivi son conseil et d'avoir emporté la cage d'or. Ivan reconnut sa faute et le loup lui proposa alors de l'emmener chez le roi Aphrone. Arrivé à destination, il lui dit :

— Les gardes dorment à poings fermés. Va dans l'écurie aux murs de pierre blanche, emmène le cheval à la crinière d'or, mais surtout ne touche pas à la bride d'or accrochée au mur, autrement il t'arrivera malheur.

Ivan alla dans l'écurie, emmena le cheval à la crinière d'or, mais, au moment de repartir, il ne put résister à la tentation de s'emparer de la bride d'or. Le loup ne l'avait pas averti pour rien : à peine eut-il posé la main sur la bride que le tonnerre retentit, réveillant les gardes. Cet écervelé d'Ivan se retrouva ligoté en face du roi Aphrone, qui lui tint à peu près le même langage que Dolmat, lui promettant son pardon si Ivan acceptait de se charger d'une mission.

Il se trouvait que le roi Dolmat était amoureux de la belle princesse Hélène, qui vivait au-delà des sept mers, et il avait besoin qu'Ivan aille la chercher. En échange, Ivan obtiendrait son pardon et le cheval à la crinière d'or, avec la bride d'or pardessus le marché.

Inutile de dire que le loup ne fit pas ses compliments à Ivan pour s'être laissé capturer aussi bêtement. Néanmoins, il fut sensible au repentir du jeune prince et l'emmena au-delà des sept mers. Mais cette fois-ci, il préféra prendre les choses en main. Il laissa Ivan l'attendre au bord du chemin et c'est lui-même qui franchit la grille d'or du jardin où se promenait la belle Hélène. Il l'enleva et revint prestement vers Ivan. Les dames d'honneur d'Hélène allèrent donner l'alarme, mais jamais les hommes lancés à la poursuite du loup ne purent le rattraper.

Ivan, assis sur le dos du loup à côté de la belle princesse, en tomba amoureux fou. Quand ils approchèrent du territoire que gouvernait le roi Aphrone, il fondit en larmes. Le loup lui demanda ce qui lui arrivait.

— Ô loup gris, mon ami, répondit Ivan entre deux sanglots, la princesse a conquis mon cœur. Or me voilà obligé de la remettre au roi Aphrone en échange du cheval à la crinière d'or, sinon il fera publier partout que je suis un voleur, un homme sans foi ni loi.

— Je t'ai déjà rendu pas mal de services, ô Ivan, fit le loup. Tant qu'à faire, je vais en ajouter un de plus. Je vais prendre l'aspect d'Hélène et tu m'amèneras au roi Aphrone. Après ton départ, j'attendrai que tu te sois suffisamment éloigné et je demanderai au roi la permission de faire une promenade dans son jardin. Tu devras alors avoir une pensée pour moi, et aussitôt je te rejoindrai et reprendrai ma forme de loup.

Inutile de dire la joie du roi Aphrone quand Ivan lui amena Hélène, qui hantait ses rêves depuis si longtemps. Aphrone donna volontiers à Ivan le cheval à la crinière d'or ainsi que sa bride d'or. Avec le cheval, Ivan alla retrouver la véritable Hélène, qui l'attendait à l'écart du palais. Quant au loup changé en princesse, il attendit deux jours et, au troisième, il demanda au roi s'il pouvait aller se promener dans le jardin.

Bien sûr, c'est tout juste si cet écervelé d'Ivan, tout à son bonheur d'être seul avec sa bien-aimée, n'oublia pas le loup. Un moment vint cependant où il se demanda où pouvait bien être son ami le loup. Aussitôt, celui-ci réapparut et tous prirent le chemin des États du roi Dolmat.

Vous n'allez jamais le croire, mais l'envie prit à Ivan de garder le cheval à la crinière d'or. Vraiment, le loup l'avait trop gâté ! Et ce dernier s'entendit dire :

— Ô loup gris, mon ami ! Que de services m'as-tu déjà rendus ! Pourrais-je t'en demander un dernier ? Celui de te changer en cheval à la crinière d'or, de façon que je puisse garder le véritable ? J'aimerai tant l'avoir !

Le loup était vraiment de bonne composition, ou peut-être sa conscience le tourmentait-elle très fort pour avoir mangé le cheval d'Ivan, toujours est-il qu'il frappa le sol de sa patte et qu'il se changea instantanément en cheval à la crinière d'or.

Impossible de décrire la joie que ressentit le roi Dolmat quand il vit approcher Ivan monté sur le cheval de ses rêves ! L'impatience le poussa à descendre l'escalier à la rencontre du voyageur, ce qui était à peine compatible avec sa dignité royale. Puis il donna un grand festin qui dura deux jours. Au troisième, il remit à Ivan l'oiseau de feu. Ivan lui fit ses adieux et partit à toutes jambes retrouver sa bien-aimée et son cher cheval. Le roi, lui, fit seller le faux cheval, l'enfourcha, mais dès qu'il fut dans la campagne, le faux cheval le désarçonna et se retransforma en grand loup gris. Le loup rattrapa Ivan, le reprit sur son dos, laissant à la princesse Hélène le cheval à la crinière d'or.

Ils cheminèrent longtemps et finirent par arriver à l'endroit où le loup avait dévoré le cheval d'Ivan. Le loup dit alors au jeune homme :

— Eh bien, Ivan, je crois que j'ai été pour toi un serviteur habile et dévoué. Je t'ai ramené à l'endroit où je t'avais privé de ton cheval. Nous sommes quittes. Descends de mon dos, tu as maintenant le cheval à la crinière d'or pour te porter. Désormais, je ne suis plus à ton service.

Ivan et Hélène reprirent leur route, parvinrent sans encombre au palais du roi Androne et se marièrent. Furent-ils heureux ? À vous de juger si la belle Hélène n'aurait pas mieux fait d'épouser le loup.

Une parole malheureuse

Les contes d'origine récente sont plus proches de la vie quotidienne. Les paysans et les marchands y supplantent les magiciens, les sorciers et les fils de roi. L'humour y est largement présent. Pour mieux comprendre ce conte, il convient de se rappeler qu'en Russie, les prêtres chrétiens orthodoxes, qui s'appellent des popes, peuvent se marier et avoir des enfants.

Après ce long séjour en compagnie des rois et fils de roi, nous allons retourner chez les paysans. Et du même coup passer à une catégorie de récits plus tardifs, plus proches de la réalité quotidienne.

Dans un village habitait un vieux couple, dont le fils, André, était en âge de prendre femme. Sa mère, comme cela se faisait autrefois dans les campagnes, se chargea de lui chercher une fiancée. Elle fit le tour de toutes les familles du voisinage où se trouvaient des filles à marier, mais nulle part on ne voulut l'écouter.

Quand elle revint, le père lui dit :

— C'est bientôt l'été, nous manquons de bras pour les travaux des champs. Tente ta chance dans un autre village.

La tradition voulait, en effet, que la jeune femme vienne habiter avec son mari, chez ses beaux-parents. Cela faisait une paire de bras de plus dans la maison.

Mais la mère n'eut pas plus de succès dans le deuxième village.

— Personne ne veut donner sa fille à un fils de pauvres gens comme nous, dit-elle.

— Si c'est comme ça, la mère, dit le père, remonte sur le poêle. À quoi bon t'user les jambes pour rien ?

André, alors, demanda à ses parents de lui permettre de tenter lui-même sa chance. Mais dès qu'il arriva sur la grande route, ne sachant où aller, il se mit à pleurer.

— Qu'est-ce que j'ai donc pour être incapable de plaire à une fille ? Eh bien, tant pis, au diable de choisir pour moi ! Je prendrai la première qui viendra.

À peine avait-il terminé sa phrase qu'un vieux bonhomme surgit devant lui.

— Bonjour, hardi garçon !

— Bonjour, vieil homme !

— Qu'étais-tu en train de dire, là tout de suite ?

André, embarrassé, ne sut que répondre.

— N'aie pas peur, l'encouragea le vieillard. Je ne te ferai aucun mal. Peut-être même pourrai-je te venir en aide. Parle franchement !

Le garçon lui avoua :

— Grand est mon malheur ! Aucune fille ne veut de moi pour mari ! Cela m'a rendu tellement triste que j'ai pensé : « Que le diable me choisisse une fiancée, et je l'accepterai. »

Le vieillard éclata de rire et dit :

— Tu n'as qu'à me suivre, et je te présenterai autant de fiancées que tu voudras. Tu n'auras que l'embarras du choix.

Ils arrivèrent au bord d'un lac. Le vieux dit alors :

— Tourne le dos au lac et marche à reculons.

Le garçon eut à peine fait deux pas qu'il se retrouva sous l'eau, dans un superbe palais aux pièces richement ornées. Le vieillard lui donna à manger et à boire, puis il lui amena douze jeunes filles, toutes plus belles les unes que les autres.

— Tu peux choisir celle que tu veux, et elle sera à toi.

— Ce n'est pas facile ! Laisse-moi réfléchir jusqu'à demain.

Le vieillard acquiesça et lui donna une chambre pour la nuit.

André était plongé dans ses réflexions, quand la porte s'ouvrit, laissant le passage à l'une des belles.

— Tu ne dors pas encore, beau garçon ?

— Non. Pas moyen de fermer l'œil. Je n'arrive pas à me décider entre autant de belles filles.

— C'est bien pour ça que je suis venue te trouver. Je vois que tu as besoin de mes conseils. Tu dois savoir que tu te trouves en ce moment chez le diable. Si tu veux revoir ton village, suis en tous points mes instructions ; sinon, tu perdras ta vie et ton âme.

— Oh oui, la belle, dis-moi ce que je dois faire et je t'en serai à jamais reconnaissant.

— Demain, l'esprit mauvais t'amènera douze jeunes filles, toutes semblables. Tu me reconnaîtras à ce que j'aurai une tache près de l'œil droit, et tu me choisiras.

Et la fille raconta son histoire.

— Tu connais le pope du village des Trois-Chênes ? Je suis sa fille Irène, celle-là même qui a disparu il y a neuf ans. Mon père s'était mis en colère après moi et m'avait lancé : « Que le diable t'emporte ! » Je sortis sur le perron, fondis en larmes et, aussitôt, des démons m'enlevèrent et m'amenèrent ici. Depuis, je vis en leur compagnie.

Le lendemain matin, comme Irène l'avait annoncé, le vieillard introduisit douze jeunes filles toutes semblables et proposa au garçon d'en choisir une. Il les dévisagea attentivement, repéra celle qui avait une petite tache près de l'œil droit et tendit le doigt vers elle. Le vieillard, contrarié, plaça les jeunes filles dans un ordre différent et demanda au garçon de répéter l'opération. Celui-ci désigna la même que la première fois. Le vieux le fit recommencer une troisième fois, avec le même résultat.

— Tu as de la chance, dit-il au garçon. Prends ton élue et repars chez toi.

André et Irène se retrouvèrent aussitôt sur la rive du lac. Ils marchèrent à reculons jusqu'au moment où ils atteignirent la grande route. Le vieillard envoya des foules de démons pour les rattraper, mais toutes les traces qu'ils virent menaient au lac et aucune ne s'en éloignait. Ne sachant plus que faire, ils revinrent bredouilles.

André ramena Irène au village des Trois-Chênes, où ils s'arrêtèrent devant la maison du pope. Celui-ci envoya son serviteur demander ce que voulaient les deux voyageurs.

— Nous sommes de passage, dit le garçon, et nous cherchons un gîte où passer la nuit.

— J'ai des marchands chez moi, fit répondre le pope. Ma maison est déjà pleine.

Mais l'un des marchands, justement, intervint :

— Voyons, le prêtre ! Tu ne vas pas refuser l'hospitalité à un voyageur ! Nous nous tasserons.

Le pope les laissa entrer. Ils saluèrent l'assemblée et s'assirent sur des tabourets au fond de l'isba. La jeune fille alors interrogea le pope :

— Tu ne me reconnais pas, père ? Je suis ta fille, née de ton sang.

Elle raconta son histoire à son père, et ils tombèrent dans les bras l'un de l'autre, versant des larmes de joie.

— Et lui, qui est-ce ? demanda enfin le pope.

— C'est mon fiancé. C'est lui qui m'a arrachée aux griffes du démon. Sans lui, j'étais condamnée à rester pour toujours en son pouvoir.

La jeune fille déballa alors son baluchon et en sortit une splendide vaisselle d'or et d'argent. Dès qu'il la vit, l'un des marchands s'exclama :

— Mais elle est à moi, cette vaisselle ! Un jour, j'avais invité des amis à manger, j'avais un peu forcé sur la boisson et je me suis mis en colère après ma femme. « Au diable ! » m'écriai-je en lançant par la porte ce qui me tombait sous la main. Et c'est ainsi que je me suis retrouvé sans vaisselle. Le diable était venu aussitôt l'emporter.

Ainsi, le marchand retrouva sa vaisselle, le pope retrouva sa fille et le jeune homme put se marier. Les parents de celui-ci furent très heureux de le revoir, car le séjour chez le diable, qui avait paru à André durer juste une journée, s'était en fait prolongé trois ans, et ses parents le croyaient disparu à jamais.

Le diable dans la remise

Nous sommes de plus en plus loin de l'univers magique des contes anciens. Le merveilleux, ici, n'existe que dans l'imagination des hommes.

L'affaire se passe au début de l'automne. Un brave paysan, du nom de Vassili, partit avec sa femme pour le village voisin assister à la noce de sa belle-sœur. Au lieu d'emprunter la grande route, il coupa à travers champs.

Le couple passa ainsi à proximité d'un lac où l'on chassait le canard. Vassili arrêta sa carriole et dit à sa femme :

— Garde le cheval. Je vais descendre au lac voir si je ne pourrais pas tirer un canard.

La femme attendit longtemps, puis pensa que son mari avait suivi la rive du lac, qui menait presque jusqu'au village où avait lieu la noce. Elle fit avancer le cheval à faible allure, pour essayer d'apercevoir Vassili, mais elle atteignit le village sans l'avoir vu.

« Ça ne fait rien, se dit-elle. Il n'avait pas beaucoup à marcher, il ne tardera pas à me rejoindre. »

Vassili avait dû longtemps guetter avant de voir un canard. Il finit quand même par en tuer un. Il retira ses vêtements et entra dans l'eau pour récupérer son gibier. Mais, quand il ressortit de l'eau, vêtements et fusil avaient disparu. Il pensa d'abord que quelqu'un avait voulu lui faire une farce. Mais au bout d'une heure de vaines recherches, il comprit qu'il ne s'agissait pas d'une plaisanterie. Il revint là où il avait laissé, la carriole. Ni femme ni carriole. Que faire ? Il attendit la nuit, se demandant comment il pourrait traverser le village le derrière à l'air. « Si je passe par la grand-rue, se dit-il, les gens vont se sauver ou se moquer de moi. Ce sera plus long de passer du côté des champs, mais ça vaudra mieux. »

Il atteignit la maison de son beau-père en traversant les potagers et en sautant la clôture. Il pouvait entendre les chants et les rires de la noce. Au bout d'un moment, gagné par le froid, il chercha où il pourrait attendre à l'abri que tous se soient endormis. Il finit par apercevoir une brèche dans le toit de paille de la remise. Il escalada le mur, se glissa par le trou, mais il dégringola et atterrit dans un tonneau de goudron.

Une fois sorti du tonneau, il ressentit le froid encore plus fort qu'avant. Heureusement, il dénicha une vieille couette et s'enveloppa dedans. Il se réchauffa un peu mais ne put fermer l'œil, inquiet de savoir comment il pourrait bien se tirer de ce mauvais pas. « Au matin, pensa-t-il, quelqu'un finira bien par venir dans la remise, je lui demanderai une chemise et un pantalon et après je déciderai si je reste à me promener dans le coin ou si je rentre directement chez moi. »

Le jour se leva et Vassili se vit tout couvert des plumes de la couette, qui s'étaient collées au goudron. Contrarié, il jeta ce qui restait de la couette dans un coin puis s'assit sur un coffre à grain. Personne ne vint dans la remise de longtemps, mais soudain Vassili entendit approcher sa bellemère. Celle-ci eut à peine ouvert la porte qu'elle la referma précipitamment et tomba sans connaissance.

Des gens accoururent, la secouèrent, lui demandant ce qui lui était arrivé. D'abord incapable d'articuler un mot, elle parvint à reprendre ses esprits et dit :

— Le diable… il y a le diable dans la remise.

La curiosité fut d'abord, la plus forte. Tout le monde aurait bien voulu voir à quoi ressemblait ce diable. Mais les gens avaient la frousse, et aucun d'eux ne se décida à faire le premier pas. En fin de compte, on envoya chercher le pope pour qu'il asperge la remise d'eau bénite.

Le pope dut se frayer un chemin à travers la foule des badauds qui avaient envahi la cour. Il parvint à la remise, récita des prières puis proposa :

— Ouvrez la porte, et nous entrerons tous ensemble.

Personne n'osait toujours approcher de la remise. Tous tremblaient, le pope le premier. Enfin, quelqu'un amena une longue perche, dont on se servit pour ouvrir. Vassili en profita pour sauter de son coffre et se précipiter dehors.

Ah, vous auriez vu la panique. ! Les uns, glacés d'effroi, ne pouvaient plus faire un mouvement, d'autres détalaient, se bousculant et se renversant dans leur course. Le pope remonta dare-dare sur sa jument et la lança au galop sans demander son reste.

Vassili, lui, enfourcha un poulain et fila droit devant lui.

Le pope, se retournant, vit qu'il était suivi par le diable. Il frappa tant qu'il put sa jument avec le rameau qui lui avait servi à asperger la remise d'eau bénite, mais le poulain le suivait toujours de très près. Le pope poussa alors des cris perçants, et tous les villageois crurent que le diable avait rattrapé le prêtre.

Derrière le village, un ravin s'étendait sur plusieurs kilomètres. Vassili l'atteignit, descendit du poulain et suivit le fond du ravin pour revenir chez lui.

À peine rentré, il courut à l'étuve, petit bâtiment isolé où les Russes ont l'habitude de prendre leurs bains de vapeur. Une fois à l'intérieur, il aperçut par le fenestron son frère cadet qui passait. Il lui cria d'aller lui chercher du linge propre. Il put ainsi se décrasser, se changer et entrer dans la maison.

Sur ces entrefaites, sa femme revint, l'aperçut et lui demanda :

— Vassili, pourquoi ne t'a-t-on pas vu au mariage ?

— Et toi, pourquoi m'as-tu laissé tomber ?

— J'ai cru que tu voulais faire le chemin à pied.

— Vous vous êtes bien amusés, au moins, au mariage ? demanda Vassili.

— Des distractions, on en a eu, c'est sûr, mais je ne sais pas trop si ce qui s'est passé est d'un bon présage pour ma sœur.

— Qu'est-ce qui s'est donc passé ?

— Je n'ose même pas t'en parler. Nous venions de nous lever, de dire nos prières du matin, maman est allée à la remise, et tu ne devineras jamais qui elle y a vu. Le diable ! Mon père, du coup, veut déménager. Il dit que leur maison est maudite.

— C'était peut-être un homme ?

— Ah non ! Nous avons bien vu ses cornes et sa longue queue fourchue.

— Là, tu me racontes des histoires, femme !

— Je te jure que c'est la vérité vraie. D'ailleurs, tu peux demander à tous ceux qui étaient là.

Et Vassili attendit longtemps avant d'oser raconter que c'était lui qu'on avait pris pour le diable.

Deuxième partie

CONTES DES « PEUPLES D'AVANT »

Du nord-ouest à la Volga

Les premières civilisations étaient nomades. Pendant des millénaires, des peuples entiers se déplacèrent pour trouver de meilleurs territoires de chasse ou pâturages pour leurs troupeaux. C'est ainsi qu'au IV*e siècle, des tribus germaniques déferlèrent sur la Gaule. Les Celtes romanisés qui habitaient là se trouvèrent submergés par les nouveaux venus, dans lesquels ils se fondirent. Et c'est ainsi qu'est née la nation française.*

À la même période, une partie des Slaves est venue s'établir dans les régions comprises entre le Dniepr, au sud, et la haute Volga au nord. Ces régions étaient peu peuplées, mais on y trouvait quand même des habitants dont descendent aujourd'hui les Caréliens, installés le long de la frontière finlandaise, les Mordves, les Maris, les Oudmourtes, qui vivent à l'est de Moscou, le long de la moyenne Volga.

Ces « premiers occupants » de la Russie se sont fortement assimilés. Ils ont été christianisés par les Russes, mais ont partiellement conservé leurs langues et certaines traditions et coutumes.

LE PAUVRE ET LE JUGE

Conte carélien

Un homme et sa femme vivaient dans la pauvreté. Un jour, il ne leur resta plus rien à manger. La femme dit à son mari :

— Débrouille-toi comme tu veux, mais il faut que tu nous trouves de la farine. Sinon, nous mourrons.

L'homme prit le chemin du village voisin. Tout en marchant, il réfléchissait à ce qu'il pourrait faire.

« Seule une astuce peut me tirer d'affaire, pensa-t-il. Il faut que j'arrive à rouler un riche marchand. »

Il entra dans un magasin et dit au patron :

— Vends-moi un sac de farine.

Le patron dit :

— Volontiers. Donne-moi de l'argent.

Le pauvre répondit :

— D'argent je n'ai point. Par contre, je possède un superbe bœuf bien gras. Je peux te payer avec la viande.

— Un superbe bœuf bien gras, tu dis ? Ça m'intéresse. Prends deux sacs de farine et, quand tu tueras ton bœuf, tu me réserveras une cuisse.

Le pauvre emprunta une charrette, y déposa les deux sacs de farine et alla dans un autre magasin. Il demanda à acheter un sac de farine et quand le marchand lui demanda comment il comptait le payer, il lui dit qu'il avait un gros bœuf bien gras qu'il s'apprêtait à abattre. Le marchand lui céda trois sacs contre la promesse de la partie arrière de la bête.

Le pauvre chargea les trois sacs dans le chariot et se rendit dans un troisième magasin, où il promit la moitié de la carcasse du même bœuf en échange de cinq sacs de farine.

Le pauvre rentra ainsi chez lui avec un plein chariot de farine.

— Voilà pour toi, femme, de quoi nous faire du pain et des tourtes.

Le pauvre commença par se remplir le ventre, puis il pensa aux marchands qui ne manqueraient pas de se présenter pour récupérer leur dû. Il décida d'aller voir le juge. Il lui présenta l'affaire de la façon suivante :

— J'ai emprunté à des marchands de la farine contre la promesse de leur donner la viande de mon bœuf une fois que je l'aurais abattu. Mais j'ai changé d'avis, je préfère garder la viande pour moi. Nous pourrions nous la partager à tous les deux si tu envoyais promener les marchands quand ils viendront porter plainte contre moi.

L'idée d'avoir de la viande gratis plut au juge. Il dit au pauvre :

— Ce ne sera pas facile de se débarrasser de ces marchands, mais on peut toujours essayer... Un gros bœuf bien gras, cela mérite quelques efforts ! Le mieux, quand les marchands se présenteront, c'est que tu fasses l'imbécile. Contente-toi de répondre à toutes les questions : « Abadou, abada, abadabou. »

Le juge eut bientôt la visite du premier marchand qui lui exposa ses griefs contre le pauvre. Le juge appela alors celui-ci :

— Tu reconnais le marchand que voici ?

— Abadou, abada, abadabou.

— Tu lui as bien emprunté de la farine ?

— Abadou, abada, abadabou.

— Tu avais promis de lui donner de la viande en échange de la farine ?

— Abadou, abada, abadabou.

Le juge se tourna alors vers le marchand :

— Tu ne vois donc pas que c'est un simple d'esprit ? Tu n'avais qu'à te méfier. Je ne peux rien faire pour toi.

Le juge expliqua ensuite pareillement aux deux autres marchands qu'on ne juge pas les benêts et que c'était à eux de prendre leurs précautions. Resté seul avec le pauvre, il lui dit :

— Eh bien, tu vois si j'ai eu vite fait de me débarrasser de ces trois gêneurs ! Maintenant, tu peux aller tuer ton bœuf et tu m'apporteras la partie arrière.

— Abadou, abada, abadabou.

— Les marchands sont partis, tu n'as plus besoin de faire l'idiot. Parle normalement.

— Abadou, abada, abadabou, répéta le pauvre. Partis les marchands, parti l'idiot et parti le bœuf. De bœuf je n'en ai jamais eu. Salut !

YOGA-LE-COQ ET LA MORT

Conte mordve

C'est dans une isba tout à fait semblable aux isbas russes, avec un grand poêle au milieu, qu'habitait un vieillard que l'on avait surnommé « le coq », car il était d'humeur querelleuse et voulait toujours avoir le dernier mot.

Un jour, la femme du vieillard mourut, le laissant sans personne pour laver et repriser ses vêtements et pour lui préparer à manger. Le vieillard s'en prit à Dieu :

— Tu ne penses à rien, toi, le bon Dieu ! Pourquoi la faire mourir, elle, qui tenait le ménage, alors que moi, je ne sers à rien ? Il aurait mieux valu que tu nous prennes tous les deux ensemble.

Dieu entendit les reproches de Yoga-le-coq et lui envoya l'ange de la mort, celui qui est chargé de cueillir et de recenser les âmes des défunts.

Un ange de la mort, évidemment, ce n'est pas un beau jeune homme en robe blanche et aux ailes blanches pointées vers le ciel. L'ange en question, avec ses orbites vides, son nez écrasé et ses dents qui claquaient, était plus laid qu'un diable. Et de plus il était armé d'un crochet de fer pointu pour attraper les âmes. Dès qu'il en pêchait une, il en examinait attentivement la couleur. Si elle était sombre, il expédiait l'âme en enfer, si elle était claire, il lui ouvrait le chemin du paradis.

Donc, l'ange de la mort se rendit chez Yoga-le-coq. C'était tôt le matin, et Yoga était à moitié endormi. Encore perché sur le poêle, il vit s'avancer un squelette décharné au crochet pointu.

— Allez, le vieux, prépare-toi, lui dit l'ange. Tu t'es plaint à Dieu qu'il ne t'ait pas fait mourir en même temps que ta femme, et Dieu, dans sa bonté, a décidé de te faire plaisir. En route pour l'autre monde !

Et il pointa son crochet vers l'âme de Yoga.

— Attends une minute, fit le vieux en reculant d'effroi. Tu prétends accomplir les ordres de Dieu, mais tu ne connais même pas ses lois ! Avant de mourir, il faut que je me confesse au pope pour me débarrasser de mes péchés et arriver plus léger dans l'au-delà.

L'ange était vexé de se voir reprocher une faute dans le service, mais il devait reconnaître que le vieillard avait raison.

— Bon, fit le macabre messager. Va chez le pope, mais au pas de course. Je n'ai pas de temps à perdre, moi, j'ai d'autres clients qui m'attendent.

Yoga ne se le fit pas répéter deux fois. Sans même prendre le temps de se chausser, il fila droit au cabaret. Il vida un verre pour se donner du courage, puis réfléchit. L'idée de mourir ne l'enchantait guère. Après le deuxième verre, il se dit que, tant qu'à faire, autant profiter du peu de vie qui lui restait. Il se soûla, chanta, se bagarra avec un marchand de passage et oublia complètement que l'ange de la mort l'attendait.

La nuit tombée, il lui fallut bien, pourtant, repartir chez lui. Il y retrouva l'ange d'une humeur massacrante.

— Qu'est-ce que tu as fabriqué tout ce temps-là ? À cause de toi, j'ai perdu ma journée. Je n'ai pas mon compte d'âmes pour aujourd'hui !

Yoga ne se laissa pas impressionner. Il mit ses mains sur les hanches et contre-attaqua vigoureusement :

— Non, mais dis donc ! Je n'y suis pour rien si tu bâcles ton travail ! Tu aurais d'abord dû te renseigner. Tu aurais appris qu'aujourd'hui le pope était de baptême au village voisin. Ce n'est quand même pas aux mourants à courir après le confesseur ! Il ne manquerait plus que ça !

Et Yoga tapa du talon par terre et se lança dans une danse effrénée. Or, c'est bien connu, les messagers de la mort n'aiment pas les gais lurons. L'ange, fatigué de le voir danser, cracha de dépit et s'en alla.

— Je reviendrai quand tu feras moins le fier, dit-il en partant. De toute façon, tu y passeras.

L'occasion ne tarda pas à se présenter. Quand l'hiver approcha, Yoga tomba malade. Il demeurait couché sur le poêle à gémir. Une fois il s'endormit et rêva que l'ange de la mort venait le trouver avec son crochet à cueillir les âmes. Quand il ouvrit les yeux, il vit qu'effectivement l'ange était à son chevet. D'un coup, il se sentit guéri.

— Attends une seconde avec ton crochet ! Laisse-moi d'abord mettre des habits propres pour mourir.

— Bon, je te donne cinq minutes pour te changer, accorda l'ange. Mais n'essaie pas de me rouler, comme l'autre fois. Je te surveille.

Yoga passa une chemise et un pantalon propres et avisa le banc placé dans le coin où, dans toutes les demeures de Russie, les bons chrétiens accrochent leurs icônes du Christ, de la Vierge et des saints.

— Ça ne ferait pas de mal de lui donner un coup de torchon, à ce banc, remarqua Yoga. J'ai honte de m'étendre sur un banc aussi sale.

— T'inquiète, le coupa l'ange. Il est assez bon pour ce que tu as à y faire. Allez, couche-toi, que j'extirpe ton âme et que je voie sa couleur.

Yoga-le-coq bondit d'indignation.

— Mais tu ne respectes donc rien ! Un bon chrétien, pour mourir, a droit à être étendu sur un banc propre, c'est la moindre des choses ! Autrement, je dépose une réclamation, là-haut, et tu te feras mettre à la porte.

L'ange de la mort grinça des dents de dépit. « Il m'en donne du fil à retordre, ce vieux ! Mais c'est vrai que s'il déposait une plainte, je me ferais drôlement attraper ! »

— Bon, dit-il, lave le banc. Mais vite ! J'ai toute une liste de défunts à expédier d'ici ce soir !

Yoga prit un pot rempli de colle et en étala une bonne couche sur le banc.

— Tu es mon invité d'honneur, dit-il à l'ange. Assieds-toi sur ce banc, juste en dessous des saintes icônes, et j'appuierai ma tête sur tes genoux. Tu seras plus à l'aise pour crocheter mon âme.

L'ange s'assit et se retrouva aussitôt le derrière collé au banc. Le vieillard en profita pour s'échapper. Il colla sa figure à la fenêtre et fit des grimaces à son prisonnier.

— Tu es là pour un bon bout de temps, tu sais ! C'est de la colle de bonne qualité ! Enfin, je serai bon bougre. Si tu me signes un papier m'accordant encore sept ans de vie, je ferai bouillir de l'eau pour te décoller.

L'ange tint bon un jour, un deuxième, mais des foules d'âmes l'attendaient. À part lui, personne ne pouvait les crocheter et les trier. S'il ne faisait pas son travail, il allait, pour sûr, se faire renvoyer.

Au troisième jour, quand Yoga vint aux nouvelles, l'ange lui dit :

— Je te ferai une autorisation pour un an. Sept ans, je n'ai pas le droit. D'ailleurs, à ton âge, tu ne tiendras pas aussi longtemps.

Yoga refusa et ils se mirent à marchander. Finalement, ils s'accordèrent sur trois ans. L'ange signa un document disant que, de trois ans, il ne reviendrait plus chercher l'âme de Yoga. Puis il s'en alla furieux après ce vieillard obstiné à vivre. Mais après son départ, une odeur de cadavre flotta encore dans la maison pendant tout un mois.

Yoga profita bien de son sursis. À la différence des autres vieillards qui économisent leurs forces par peur de mourir, Yoga savait que, pendant ces trois ans, rien ne pouvait lui arriver. Aussi il ne se refusait aucun plaisir.

Mais tout a une fin, et les trois ans finirent par passer. Quand le dernier matin survint, Yoga-le-coq tomba malade, plus gravement qu'il ne l'avait jamais été de toute sa vie. Prostré sur le poêle, il ne pouvait pas bouger le petit doigt.

Aussitôt apparut l'ange funeste. Yoga-le-coq aurait bien voulu lui jouer un nouveau tour, inventer une nouvelle astuce, mais sa langue même ne lui obéissait plus. L'ange grimpa sur le poêle, attrapa l'âme de Yoga et l'expédia tout droit dans l'autre monde.

En chemin, il examina l'âme et remarqua :

— Dis donc, l'ami, elle a plus de noir que de blanc, ton âme ! Direction l'enfer, et vite !

Mais le vieillard avait repris du poil de la bête.

— Dis donc, toi, tu fais ça à vue de nez ? J'exige une expertise en règle. Avec une bonne balance, un plateau pour les péchés, l'autre pour les bonnes œuvres. Et on verra de quel côté elle penche.

Que répondre à cela ? Le vieillard ne faisait qu'exiger l'application du règlement. L'ange amena donc l'âme de Yoga à l'endroit où, à gauche, s'ouvrent les portes du paradis et, à droite, celles de l'enfer. Ou peut-être, au contraire à droite, celles du paradis et, à gauche, celles de l'enfer. Personne n'en est jamais revenu pour nous dire comment c'est exactement.

Devant ces deux portes, d'un côté de la balance se tiennent les employés des services du paradis, en blouses blanches, et de l'autre, ceux des services de l'enfer, en blouses bleu foncé. Tous observent la pesée.

Sur l'un des plateaux de la balance descendit une minuscule boule. C'étaient les bonnes œuvres de Yoga. Et sur l'autre s'amoncela une masse puante, qui fit se boucher le nez aux employés des services du paradis. Les diables, eux, étaient habitués.

« J'ai tout ça de péchés ? s'étonna Yoga-le-coq. Quand ai-je donc eu le temps d'en commettre autant ? Mon compte est bon, je le sens, je ne couperai pas à l'enfer ! »

Cependant, la balance hésitait. Difficile de dire quel plateau descendrait le plus bas. « Mes bonnes œuvres ne sont pas grosses, se réjouit Yoga, mais elles ont l'air de peser leur poids. Si j'y ajoutais un simple petit fétu, cela suffirait pour mon salut. » À peine eut-il le temps de penser cela que Yoga-le-coq vit un diable s'approcher du plateau des péchés et l'accrocher avec sa queue pour le tirer vers le bas. Si Yoga avait eu l'usage de ses bras et de ses jambes, il en aurait flanqué un bon coup à ce diable, pour... l'envoyer au diable. Mais l'âme, c'est bien connu, n'a ni bras ni jambes.

Yoga s'apprêtait à hurler à l'injustice, mais les démons lui remplirent vite la bouche de goudron et l'entraînèrent vers la porte de l'enfer. Une fois la porte franchie, ils lui vidèrent la bouche et lui dirent :

— Tu n'as plus besoin de crier, imbécile. Regarde plutôt : tu crois que tu seras mal, ici ?

Et Yoga regarda tout autour de lui. À part un ou deux clochards, il ne vit que marchands, généraux, présidents, rien que du beau monde, qui faisaient de grands saluts à Yoga et lui adressaient des sourires.

— Alors ? demanda à Yoga-le-coq le chef des diables. Qu'est-ce que tu en dis ?

— Ah, c'est pas mal du tout ! Mais la marmite pleine de soufre en fusion, il va bien falloir que j'y plonge !

— Évidemment, tout le monde y plonge, les généraux comme les marchands et les présidents. Tu y plongeras avec eux.

— Pouvez toujours courir ! Le général, il a envoyé à la mort des milliers de soldats, le marchand a roulé des quantités d'acheteurs, et je devrais avoir le même sort qu'eux ? Pas question !

— Il est impossible, ce vieux ! s'exclama le diable. Bon, d'accord, eux plongeront sept fois, et toi une seule.

Yoga-le-coq réfléchit et dit :

— Sur une question aussi grave, il faut que je prenne l'avis de ma femme, qui est au paradis.

Laisse-moi juste me mettre devant la porte de l'enfer, je l'appellerai, elle viendra devant la porte du paradis et nous discuterons. J'arriverai peut-être à la décider à venir me rejoindre. Ça lui plaira de faire la causette à des duchesses.

Le chef des diables accepta. Yoga passa la porte de l'enfer. Juste à ce moment-là, une colonne de soldats venant d'un champ de bataille marchait vers la porte du paradis. Yoga se glissa parmi eux et disparut. Une fois au paradis, il retrouva sa femme et ne s'en plaignit pas.

Troisième partie

Conte des « peuples d'après »

Les descendants des conquérants

Le sud de la Russie (l'Ukraine actuelle) est une vaste plaine dénudée, qui n'offre aucun obstacle naturel aux mouvements des nomades. Elle a donc connu bien des invasions au cours du Moyen Âge : les Petche-nègues, les Polovtsiens. Mais aucune n'a été aussi terrible que celle des Mongols, qui déferlèrent jusqu'en Pologne, en Hongrie et en Croatie et seraient peut-être arrivés jusqu'en France si tous les généraux mongols n'étaient pas revenus d'urgence en Asie centrale pour régler le problème de la succession de leur roi, le grand khan.

Les Mongols, ou, comme on les appela de plus en plus souvent par la suite, les Tatars, l'emportèrent sur tous leurs adversaires de l'Est et de l'Ouest grâce à leurs extraordinaires talents de cavaliers et d'archers, mais ils étaient peu nombreux. Il en demeure aujourd'hui en Russie cinq millions environ. Ils sont de confession musulmane et se répartissent le long de la moyenne Volga, ainsi que plus loin vers l'Oural et la Sibérie occidentale.

Les conquêtes mongoles ont donné un puissant essor au commerce international. En abolissant les frontières, elles ont facilité les contacts entre des pays autrefois morcelés. Les vastes steppes, favorables aux invasions, l'étaient aussi aux voyages pacifiques. Les commerçants allaient chercher très loin les produits de luxe, les épices, les riches étoffes, les armes de prix. La culture arabe raffinée, avec son art de vivre, ses jeux et ses distractions, se répandit largement.

La vraie richesse

Conte tatar

Un marchand avait un fils qui venait d'atteindre l'âge de quinze ans. Se sentant vieillir, il décida de charger son fils d'aller à sa place dans les pays lointains se fournir en marchandises. Sur les trois cents pièces d'or qu'il avait accumulées durant sa vie, il en donna cent au garçon, lui disant :

— Tu es en âge d'apprendre mon métier. Je te confie au chef de la prochaine caravane en partance. Tu observeras ce que les autres marchands achètent et revendent, et tu feras comme eux. Dépense ces cent pièces à bon escient, car l'argent, en ce monde, est la seule vraie richesse.

Mais dès que la caravane parvint à une grande ville, le fils du marchand abandonna ses compagnons de route à leurs affaires et partit à la découverte. En passant dans une rue, il aperçut par les fenêtres ouvertes d'un grand bâtiment des jeunes gens penchés sur des livres et des feuilles de papier. Il s'approcha et demanda :

— Que font là ces jeunes gens ?

— Ce sont des fils de seigneurs qui apprennent à lire et à écrire.

— Je pourrais apprendre, moi aussi, avec eux ?

— Sois loué de vouloir t'instruire, mais sache que cette école est très renommée. Une année d'étude y coûte cent pièces d'or.

Le garçon, sans hésiter, remit au maître d'école tout son argent et s'installa parmi les autres élèves. Les marchands de la caravane, las de le chercher, reprirent leur route sans lui.

Le garçon se montra assidu et, au bout d'un an, il lisait et écrivait mieux que tous ses camarades. Le maître lui dit :

— Je t'ai appris tout ce que je savais. Tu peux t'en aller, maintenant.

Le garçon reprit le chemin de sa maison. Quand son père le vit, il lui dit :

— Que je suis heureux de te revoir ! Qu'as-tu fait pendant cette année, combien de pièces d'or as-tu ajoutées aux cent que je t'avais confiées ?

— Ne te fâche pas, père, répondit le garçon. Je ne te rapporte pas de pièces d'or, mais je reviens instruit. J'ai dépensé les cent pièces d'or à apprendre à lire et à écrire.

— Écervelé ! se lamenta le père. Tu as donc oublié mes recommandations ! À quoi te servira de savoir lire et écrire ? Moi qui te parle, je ne sais ni lire ni écrire. En revanche, je sais compter, et c'est cela qui importe pour commercer !

— Au contraire, père, l'instruction m'aidera dans les affaires. Donne-moi encore cent pièces d'or, et je les ferai fructifier.

Le garçon se remit en route avec une caravane. Mais, comme la première fois, à peine arrivé en ville, au lieu de chercher des marchandises à acheter, il partit flâner au hasard des rues. C'est ainsi que, guidé par des sons mélodieux, il arriva à une école de musique, où l'on enseignait l'art de la flûte. Il alla trouver le maître et lui dit qu'il voulait apprendre à jouer de cet instrument.

— En un an, je t'apprendrai, mais tu dois me payer cent pièces d'or.

Le garçon paya et resta à l'école. Au bout d'un an, il jouait parfaitement de la flûte et le maître le renvoya.

Quand son père le vit, il lui demanda aussitôt s'il avait fait bon usage de son argent. Comme on pouvait le prévoir, la réponse du garçon le plongea dans un profond chagrin.

— Quel fils stupide m'a envoyé Allah ! se lamenta-t-il. Tu ne vas tout de même pas me dire que la musique est plus précieuse que l'or ?

— Écoute, père, répliqua le fils. Donne-moi tes cent dernières pièces d'or, et je te promets, cette fois-ci, d'être raisonnable.

Mais dès qu'il arriva en ville avec sa troisième caravane, le garçon, toujours poussé par sa curiosité, parcourut les rues et découvrit une maison où l'on enseignait à jouer aux échecs. Pas besoin d'être bien malin pour deviner que l'enseignement y coûtait cent pièces d'or, que le garçon n'hésiterait pas à les payer, qu'il deviendrait très fort aux échecs et, qu'au bout d'un an, il rentrerait chez lui les poches vides.

Son père, au désespoir d'avoir vu s'évanouir en futilités les trois cents pièces d'or qu'il avait mis toute sa vie à gagner, chassa son fils.

Le garçon ne se laissa pas abattre. À dix-huit ans accomplis, il était fort, hardi, bon cavalier, et il n'eut pas de mal à se faire embaucher comme chamelier dans une caravane. Il pourrait ainsi continuer à satisfaire sa passion pour les voyages et les découvertes. Le maître de caravane lui promit, en échange de son travail, nourriture et vêtements.

La caravane devait traverser un immense désert. Elle avançait jour après jour, sous un soleil implacable. Hommes et bêtes souffraient cruellement de la soif, quand, enfin, les voyageurs aperçurent un vieux puits très profond. Les caravaniers voyaient bien la surface de l'eau briller tout au fond, mais cette eau refusait de couler dans leur seau, et la corde finit par se rompre. Le maître de caravane dit alors à son nouveau chamelier :

— Tu es jeune et fort. C'est toi qui descendras récupérer le seau.

Quelle ne fut pas la surprise du garçon, quand il atteignit le fond, de découvrir que la surface brillante qu'il voyait d'en haut n'était pas de l'eau, mais de l'or. Il en remplit le seau, le rattacha à la corde et donna le signal de le remonter. Le maître de caravane, ravi de l'aubaine, cria au jeune chamelier :

— Y a-t-il encore de l'or, en bas ?

Sur la réponse affirmative du jeune homme, il lui renvoya la corde. Mais une fois qu'il eut récupéré tout l'or du puits, il pensa : « Je n'ai plus besoin de ce garçon, et s'il sort du puits, il va me réclamer sa part. Mieux vaut qu'il reste au fond. » Aussi, quand les caravaniers commencèrent à remonter le garçon, le maître de caravane tira son poignard et coupa la corde.

Le chamelier, se voyant abandonné, se mit à inspecter les parois du puits et y découvrit une porte de fer. Il l'ouvrit et aperçut une sorte de cagibi dans lequel un vieillard était couché. « Voilà donc, pensa-t-il, à qui appartenait le trésor que j'ai trouvé. » Au mur était accrochée une flûte. « Perdu pour perdu, se dit le garçon, je vais faire de la musique une dernière fois. » Les sons de l'instrument réveillèrent le vieillard, et celui-ci dit :

— Je dois jouer tous les soirs de cette flûte et, hier soir, j'ai oublié. Si tu n'étais pas venu, je me serais endormi pour toujours. Tu peux me demander ce que tu voudras, je te le donnerai.

— Ce que je veux, ô noble vieillard, c'est la liberté.

— Je suis le maître de ce monde souterrain, répliqua le vieillard. J'ai le pouvoir de t'en faire sortir.

Quelques secondes après, le garçon se retrouvait au milieu de la caravane. Il reprit son travail comme si de rien n'était, sans dire un mot.

Ce silence inquiéta plus que tout le maître de caravane. « Ce gars-là cherche une occasion de se venger. Je ferais bien de prendre les devants. » Il appela le jeune homme :

— J'ai une mission d'importance à te confier. Prends un cheval rapide et va à la prochaine ville porter un message à ma femme pour lui annoncer mon arrivée.

Et le maître de caravane rédigea la lettre suivante :

J'ai découvert un fabuleux trésor, mais il ne sera définitivement à moi qu'après la mort du porteur de ce message. Fais le nécessaire et n'oublie pas d'embrasser pour moi notre fille bien-aimée. Elle pourra avoir bientôt tous les bijoux et parures qu'elle désire.

Le garçon, lui, était bien placé pour savoir qu'il ne pouvait avoir aucune confiance dans le maître de caravane. Comme il savait lire, il prit connaissance de la lettre et comme, dans sa première école, il avait été le plus habile à écrire, il n'eut pas de mal à imiter l'écriture de son maître pour rédiger un nouveau message qui disait :

Le porteur de ce message m'a aidé à trouver un fabuleux trésor. Je veux, pour le récompenser, que tu lui donnes notre fille en mariage.

Le jeune chamelier était bien fait de sa personne. Il plut à la fille du maître de caravane et le mariage fut aussitôt célébré.

Le lendemain, le garçon, comme à son habitude, partit visiter la ville. Il s'approcha d'un immense palais qu'entourait une foule nombreuse.

— À qui est ce palais, demanda-t-il, et que faites-vous tous devant ?

— C'est le palais du padichah, notre roi. Un tournoi d'échecs s'y déroule. Celui qui perd trois fois contre le padichah a la tête tranchée. Le padichah a promis à celui qui le vaincrait trois fois de lui donner en mariage sa fille, qui est d'une beauté merveilleuse. Mais notre souverain est très bon joueur, beaucoup de têtes sont déjà tombées, et la fille du roi n'est toujours pas mariée.

« Tiens, pensa le garçon. Voilà une bonne occasion de vérifier mon habileté aux échecs. Je vais relever le défi. »

Le padichah était assis dans une immense salle, entouré de son vizir, de ses généraux et de nombreux courtisans. Il attendait le téméraire qui oserait se mesurer à lui.

— Tu n'as pas peur ? demanda-t-il au garçon.

— Nullement.

— Si tu perds, inutile de me demander grâce.

— Je ne demanderai pas grâce.

Le jeu commença. Le padichah remporta la première partie, puis la deuxième.

— Ta vie ne tient plus qu'à un fil, remarqua-t-il.

Mais le garçon remporta la troisième partie, puis la quatrième et la cinquième.

— On continue, s'écria le padichah.

— J'ai déjà gagné ta fille. Quel est l'enjeu, cette fois ?

— La moitié de mon royaume, clama le souverain.

Le vizir se pencha vers lui et lui murmura à l'oreille :

— Est-ce bien prudent, ô maître, de risquer la moitié de tes possessions sur une partie ?

— Une seule partie à gagner, répondit le padichah, et sa tête saute.

Mais le jeune homme gagna encore. Alors le padichah, pris au jeu, lança :

— Encore une, pour l'autre moitié de mon royaume.

Le vizir était de plus en plus inquiet :

— Oh, maître, donnez-lui plutôt votre fille et la moitié de votre royaume, sinon vous risquez de tout perdre.

— Cette fois, je le bats, j'en suis sûr. Je rentrerai en possession de ma fille et de la totalité de mon royaume, et je lui ferai couper la tête.

Le jeu commença. Et une fois de plus, c'est le garçon qui gagna. Il alla s'asseoir sur le trône du padichah et dit :

— Désormais, c'est moi qui commande. Toi, je te nomme juge suprême. Ta fille, je n'en ai pas besoin, je suis déjà marié. Et demain doit arriver en ville une caravane. Je veux, dès qu'elle sera là, que l'on m'amène au palais le maître de caravane.

Le lendemain, ses gardes lui amenèrent son ancien patron, qui écarquilla les yeux d'étonnement.

— Tu ne te trompes pas, lui dit le nouveau souverain. Je suis bien l'homme que tu as dépouillé une fois et voulu tuer deux fois.

Il se tourna ensuite vers ses courtisans, leur raconta son histoire et leur demanda :

— Qu'a mérité cet homme ?

Les courtisans et l'ancien padichah, maintenant juge suprême, proposèrent de lui couper la tête.

Mais le nouveau souverain dit :

— Tout le mal qu'il m'a fait, c'est du passé. Depuis, j'ai épousé sa fille. Il est donc mon beau-père. Je lui accorde la vie sauve.

Ensuite, le garçon envoya chercher son vieux père, dont la joie ne connut pas de bornes quand il vit son fils sur le trône.

— Comment as-tu pu t'élever si haut, mon fils, toi qui n'avais pas d'or ?

— C'est bien la preuve, père, qu'il y a des choses plus utiles que l'or.

Quatrième partie

Contes des « peuples d'à-côté »

De la Sibérie au Caucase

Avec la victoire sur les Tatars s'ouvrit la route de l'Est, Dès la fin du XVI*e* *siècle, les aventuriers russes pénétrèrent dans l'immense Sibérie, où n'habitaient que quelques peuplades plus ou moins nomades. Aujourd'hui, à côté d'une écrasante majorité de Russes, on trouve encore, dans le sud de la Sibérie, des peuples proches des Turcs et des Mongols et, dans le Grand Nord, des tribus d'éleveurs et de pêcheurs. Pour représenter ces tribus nordiques, dont certaines ne comptent que quelques centaines de membres, nous avons choisi une des plus nombreuses, celle des Évenks (trente mille personnes). Comme on le verra, l'un des grands problèmes, pour les habitants de contrées aussi inhospitalières, est celui de la survie. Dans le Grand Nord, la menace de la faim est aussi réelle que celle du froid. Un coup de* *fusil raté peut signifier la disette et la mort pour des milliers de personnes. Et les êtres malfaisants des contes sont parfois des cannibales.*

Mais les Russes cherchèrent aussi un accès à une mer chaude, qui ne soit pas bloquée par les glaces pendant de longs mois. Or, la maîtrise des rivages de la mer Noire impliquait la conquête du Caucase. Celle-ci commença à la fin du XVIIIe siècle et dura une grande partie du XIXe. Les innombrables petits peuples du Caucase du Nord n'ont pas accepté de bon cœur la domination russe. D'où les événements récents de Tchétchénie.

C'est justement un conte tchétchène que nous avons choisi pour représenter cette tradition, fortement marquée par l'influence musulmane.

L'ORPHELIN

Conte évenk

Des chasseurs, rentrant à leur campement, avaient croisé la piste d'un élan. Tout joyeux à l'idée des centaines de kilos de viande fraîche qui assureraient leur subsistance et celle de leurs familles, ils décidèrent de partir dès le lendemain matin à la recherche de l'animal. Dans ce campement vivait un orphelin. Comme il venait d'atteindre l'âge de seize ans, les chasseurs l'emmenèrent avec eux.

Les hommes suivirent les traces, puis se partagèrent en deux colonnes qui s'engagèrent l'une à droite, l'autre à gauche de la piste, de façon à prendre l'animal en tenailles. Dès qu'ils l'aperçurent, ils se mirent en cercle, à portée de vue l'un de l'autre, pour ne pas laisser échapper leur proie, puis poussèrent des cris et firent le plus de vacarme possible. L'élan, effrayé, s'élança droit devant lui, en plein sur l'orphelin, qui banda bravement son arc et décocha sa flèche quand l'animal arriva sur lui. L'élan trébucha, reprit sa course et disparut entre les arbres.

Les chasseurs se précipitèrent vers le garçon :

— Comment as-tu pu laisser échapper une occasion pareille ? Cette bête nous aurait fourni assez de viande et de graisse pour nous nourrir longtemps, nous et nos familles. Maintenant, l'occasion est perdue.

Ils battirent le garçon si fort qu'il ne put se relever, puis ils rentrèrent au camp et confisquèrent les rennes que le père avait laissés à son fils en héritage avant de mourir.

Le garçon finit lui aussi par se traîner jusqu'au campement. Il n'avait plus rien à manger. Mais il ne cessait de penser à l'élan, qu'il était sûr d'avoir touché et qui n'avait donc pu aller bien loin.

Aussi, dès qu'il fut en état de marcher, il repartit sur les lieux de la chasse, retrouva la piste de l'élan blessé et la suivit. Elle le mena au cadavre de l'animal. Le garçon avait désormais de quoi manger, et pour longtemps. Il se construisit une hutte pour demeurer à côté de sa prise, loin des hommes qui l'avaient maltraité.

Mais un jour, par l'entrebâillement de la porte de sa hutte, il aperçut deux hommes qui approchaient. L'un portait en bandoulière une gamelle qui brinquebalait, et l'autre un grand couteau fiché au bout d'un bâton. C'étaient des cannibales. Dès qu'ils virent la hutte ils se dirent : « Il y a sûrement quelqu'un qui habite ici. Nous l'égorgerons et le dévorerons. »

Le garçon sortit précipitamment, mit ses skis et s'enfuit à toute vitesse, les cannibales à ses trousses. Malgré tous ses efforts, il entendait le bruit de la gamelle qui se rapprochait. Il s'adressa alors au soleil :

— Soleil, notre chaleur ! Soleil, notre père ! Sauve-moi des cannibales ! Transforme-moi en élan !

Le soleil l'entendit, eut pitié de lui et le transforma en élan.

Courant à la vitesse de l'élan, le garçon sema ses poursuivants, mais bientôt il se fatigua et entendit de nouveau sonner la gamelle. Il fit alors une nouvelle prière au soleil :

— Soleil, notre chaleur ! Soleil, notre père ! Sauve-moi des cannibales ! Transforme-moi en ours !

L'ours, à son tour, se fatigua de courir, et le garçon dut demander au soleil de le changer en loup, puis en lynx, en renard, et enfin en zibeline. La zibeline grimpa à des arbres pour brouiller ses traces, mais elle aussi finit par succomber à la fatigue. Le bruit de gamelle, de nouveau, se rapprocha.

Le garçon alors psalmodia :

— Soleil, notre chaleur ! Soleil, notre père ! Sauve-moi des cannibales ! Transforme-moi en souris !

Changé en souris, le garçon prit sa course vers un ruisseau dont la rive grouillait de souris. Dès qu'il les vit, il leur cria :

— Attention, dispersez-vous vite ! Vous êtes en danger !

Les souris s'égayèrent, semant des traces dans toutes les directions. Les cannibales, ne sachant plus de quel côté aller, repartirent d'où ils venaient.

Le garçon, lui, reprit son aspect humain, retrouva sa hutte, son arc et ses flèches et vécut du produit de sa chasse.

Le choix du fiancé

Conte tchétchène

Il y avait dans un village une charmante jeune fille qui avait trois amoureux : le fils du chef de prière, ou mollah, le fils d'un marchand et le fils d'un pauvre hère. Tous les trois étaient également beaux, forts et hardis, et la fille ne savait lequel choisir. Un jour, elle les fit venir et leur dit :

— J'épouserai celui qui me fera le cadeau le plus insolite.

Les garçons enfourchèrent leurs montures et partirent vers l'est. Ils arrivèrent bientôt à une grande ville.

— Nous allons maintenant nous séparer, dit le fils du mollah. Dans six mois exactement, nous nous retrouverons ici même.

Ils parcoururent chacun maints villes et villages, visitèrent d'innombrables boutiques, découvrirent bien des choses curieuses, mais aucune ne leur paraissait assez étrange. Enfin, le fils du mollah finit par acheter pour mille pièces d'or un bol de perle rempli d'eau vivifiante, ce liquide merveilleux qui chasse la mort. Le fils du marchand, pour les mêmes mille pièces d'or, fit acquisition d'un cheval ailé qui pouvait emmener son cavalier au bout du monde. Le fils du pauvre, faute d'argent, se contentait de parcourir les échoppes des brocanteurs, et c'est ainsi qu'il tomba un jour sur un miroir cerclé de cuivre, qui ne valait que deux sous. Le garçon y reconnut un miroir magique, mais comprit que le brocanteur l'ignorait, sinon il en aurait fixé le prix à mille pièces d'or. Le garçon acheta donc le miroir qui permettait de contempler tout ce qui se passait en ce bas monde.

Les six mois écoulés, les trois rivaux se retrouvèrent dans la grande ville, à l'endroit convenu.

— La belle est à moi, assura le fils du mollah. Je lui offrirai en effet l'objet le plus étrange que l'on puisse trouver : un bol de perle contenant de l'eau vivifiante, qui peut guérir toutes les maladies.

— Tu te trompes, le coupa le fils du marchand. C'est moi qui épouserai la belle. Il y a sur terre bien des médicaments, et chaque médecin prétend détenir un médicament miraculeux. Mais moi, j'ai un cheval volant, tel que personne d'autre n'en a. Mon aimée n'en a même sûrement jamais entendu parler. Mais toi, là, s'adressa-t-il au pauvre, tu ne dis rien ! Serais-tu bredouille ?

Le fils du pauvre tira de son sac le miroir cerclé de cuivre. Les deux autres éclatèrent de rire :

— C'est tout ? Ton cadeau ne vaut rien !

— Ne vous fiez pas aux apparences, objecta le garçon. Avec ce miroir, on peut apercevoir tout ce qu'il y a sur la terre, tout ce qui se passe dans le monde. Ainsi, voudriez-vous, à l'instant, contempler celle que nous aimons ?

— C'est impossible, s'exclamèrent ses rivaux. Elle est à plus de trois mois de route d'ici.

— Regardez donc dans le miroir.

Et tous aperçurent la belle. Elle était allongée sur son lit, frappée par une grave maladie, à deux doigts de la mort. Sa mère, son père et ses autres proches étaient réunis autour d'elle, en pleurs.

— Nous devons sauver ma fiancée ! s'écria le fils du marchand. Montons sur mon cheval ailé et volons vers elle !

Les trois garçons enfourchèrent le cheval et, le jour même, ils étaient de retour dans leur village. Le fils du mollah prit le bol de perle et fit boire de l'eau vivifiante à la jeune fille, qui poussa un profond soupir et se dressa sur ses pieds.

— Merci, dit-elle. Je me sens merveilleusement bien.

— Je l'ai guérie, dit le fils du mollah. C'est moi qui l'épouserai.

— Sans mon cheval ailé, protesta le fils du marchand, tu n'aurais jamais pu lui apporter ton médicament, et elle serait morte. C'est donc moi qui l'ai sauvée, et c'est moi qui l'épouserai.

— Sans mon miroir magique, intervint le fils du pauvre, nous n'aurions même pas pu savoir qu'elle était tombée malade et nous ne serions pas venus à son secours.

La jeune fille réfléchit.

— Vous avez raison tous les trois, dit-elle. Chacun de vous m'a sauvée. Pour vous départager, il me faut donc vous imposer une deuxième épreuve. Je veux voir qui de vous est le plus malin. Trouvez-moi une nourriture qui ne deviendra ni sucrée cuite avec du miel, ni salée cuite avec du sel, ni grasse cuite avec de l'huile. Je vous attends ici même demain soir.

Le lendemain soir, le fils du mollah et le fils du marchand arrivèrent la tête basse et les mains vides. Ils ne connaissaient pas de nourriture qui remplisse toutes ces conditions.

Quant au fils du pauvre, il apporta tout bonnement un œuf de poule.

— C'est toi qui as gagné, dit la belle.

Ils se marièrent et connurent de longues années de bonheur.

Robert Giraud

L'auteur est né en 1935. Traducteur de russe et d'anglais, interprète de russe, il est ravi de pratiquer un métier qui consiste à aider les gens à mieux se comprendre, à communiquer entre eux malgré leurs différences, à s'enrichir au contact les uns des autres.

Robert Giraud a vécu une partie de sa vie en Russie, et il a toujours là-bas de très bons amis, dont il se sent aussi proche que de ses amis français.

La Russie, si présente dans son cœur, l'est aussi dans sa famille ; il a plusieurs enfants bilingues russe-français, dont deux filles adoptives. Il leur a raconté plusieurs des contes de ce recueil... en russe bien-sûr ! Et il espère que vous aurez beaucoup de plaisir, à votre tour, à les lire en français.

FRÉDÉRIC SOCHARD

L'illustrateur est né en 1966. Après des études aux Arts décoratifs, il travaille comme infographiste et fait de la communication d'entreprise, ce qui lui plaît beaucoup moins que ses activités parallèles de graphiste traditionnel : création d'affiches et de pochettes de CD. Depuis 1996, il s'autoédite et vend « ses petits bouquins », de la poésie, sur les marchés aux livres. Pour le plaisir du dessin, il s'oriente désormais vers l'illustration de presse et la jeunesse. Et avec tout ça, il a trouvé le temps de faire plusieurs expositions de peinture...

Table des matières

Deuxième partie
Contes des « peuples d'avant »

Troisième partie
Conte des « peuples d'après »

Quatrième partie
Contes des « peuples d'à-côté »

CONTES, LÉGENDES ET RÉCITS

Écoutons la voix des conteurs
qui nous font vivre
de fabuleuses histoires.

TITRES DÉJÀ PARUS

Flammarion jeunesse

10 CONTES DES MILLE ET UNE NUITS

Michel Laporte

Il était une fois la fille du grand vizir, Schéhérazade, qui toutes les nuits racontait au prince une nouvelle histoire pour garder la vie sauve. Ainsi, naquirent Ali Baba et les quarante voleurs, La fée Banou ou Le petit bossu... Ces dix contes, aussi merveilleux que célèbres, nous plongent au cœur de l'univers féerique des Mille et Une Nuits.

« Ali Baba entra dans la grotte ; la porte se referma derrière lui, mais cela ne l'inquiétait pas car il savait comment l'ouvrir. Il s'intéressa seulement à l'or qui était dans des sacs. »

Flammarion jeunesse

10 CONTES DU TIBET
Jean Muzi

Dans les hauteurs et sur les plateaux du Tibet,
il est possible de croiser au détour d'un chemin monstres sacrés, crapauds réincarnés et autres princes répudiés... Ces récits légendaires ouvrent les portes d'un imaginaire surprenant et poétique, où la sagesse et la ruse tiennent une place essentielle. Dix contes pour faire entendre la voix de la culture tibétaine.

« C'est alors que le crapaud ouvrit la bouche. Et au lieu de son habituel cri métallique, il en sortit de vraies paroles qui émurent tant la vieille femme que des larmes de joie perlèrent sur ses joues ridées. »

Flammarion jeunesse

12 RÉCITS DE L'ILIADE ET L'ODYSSÉE
Homère, adapté par Michel Laporte

Généreux et colériques, fragiles et forts, les héros homériques sont humains ! Douze récits passionnants qui nous plongent au cœur des combats d'Achille et d'Hector, durant la guerre de Troie, et nous font voyager aux côtés d'Ulysse lors de son extraordinaire épopée. Des histoires qui, depuis l'Antiquité grecque, suscitent la même fascination...

« Je reconnais bien là ton cœur de fer. Mais prends garde à la colère des dieux ! Le jour est proche où, si brave que tu sois, tu périras à ton tour ! »

Flammarion jeunesse

13 CONTES DU CORAN ET DE L'ISLAM

Malek Chebel

De la naissance du Prophète Mahomet à son ascension au ciel, treize récits pour découvrir l'islam. Les figures les plus célèbres, Abraham ou Abou Bakr, y côtoient des personnages de contes comme Sindbad le Marin et son géant farceur. Tous ces récits ont en commun leur message, un message de lumière...

« Ismaël était né. Beau, comment pouvait-il en être autrement ? L'enfant est roi dans tout l'Orient, mais celui-ci était l'enfant d'Abraham. Hagar dit : il sera prophète comme son père ! »

Flammarion jeunesse

18 CONTES DE LA NAISSANCE DU MONDE
Françoise Rachmuhl

Comment le monde est-il né ? Est-il sorti d'un œuf comme un oiseau, d'un ventre comme un enfant ? A-t-il flotté au fond des eaux ? Comment était-ce avant les hommes, avant les animaux ? Venus des cinq continents, ces contes peignent des visions différentes de la naissance du monde, du ciel, des astres... et même du moustique !

« Avant nous, avant notre époque, disent les vieux, il y eut quatre genres de vie, quatre genres d'hommes, sous quatre soleils différents. »

Flammarion jeunesse

30 CONTES DU VIÊT-NAM
Nguyên-Xuân-Hùng

Pourquoi le tigre a-t-il des rayures ?
Quelle est l'origine des singes aux fesses rouges ?
D'où viennent les moustiques ? Les contes de ce recueil nous transportent des rizières embrumées aux temples cachés dans la jungle, pour nous plonger au cœur d'un mystérieux Viêt-nam. Un merveilleux voyage dans les profondeurs de l'Asie !

« Le buffle, qui assistait à la scène, fut pris d'un fou rire. Il riait en secouant si fortement sa lourde tête qu'il cogna sa mâchoire par terre à s'en casser les dents. »

Flammarion jeunesse

LES ANIMAUX, TOUTE UNE HISTOIRE...
Présenté par Anne de Berranger

Le renard apprivoisé du Petit Prince, la gentille couleuvre de Jean de La Fontaine ou la pauvre chèvre de M. Seguin, ces « héros-animaux » nous donnent bien des leçons ! Une invitation à plonger au cœur de grands textes et à découvrir les aventures extraordinaires de ces animaux qui, en prose ou en vers, nous soufflent leurs secrets...

« La chèvre entendit derrière elle un bruit de feuilles. Elle se retourna et vit dans l'ombre deux oreilles courtes, toutes droites, avec deux yeux qui reluisaient... C'était le loup. »

LES DIEUX S'AMUSENT
Denis Lindon

Un précis de mythologie aussi savant que souriant.
Un livre passionnant, drôle et instructif qui permet de découvrir les plus belles histoires du monde : les amours de Jupiter, les travaux d'Hercule, les colères d'Achille, les ruses d'Ulysse... Des récits qui nous font pénétrer dans l'univers extraordinaire de ces drôles de héros !

« Muni de son arc et de sa massue, Hercule se mit à la recherche du lion de Némée et le trouva bientôt. Il tenta d'abord de le tuer à coup de flèches, mais la peau du lion était si épaisse que les flèches n'y pénétraient pas. »

Flammarion jeunesse

Imprimé à Barcelone par:
BLACK PRINT

Dépôt légal : octobre 2011
N° d'édition : L. 01EJEN000698.A003
Loi n° 49-956 du 16 juillet 1949
sur les publications destinées à la jeunesse